诗收获

2018年冬之卷

李少君 雷平阳 主编

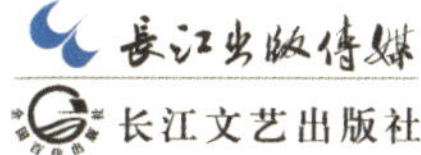

长江文艺出版社

诗收获

2018年冬之卷

编委会

卷首语

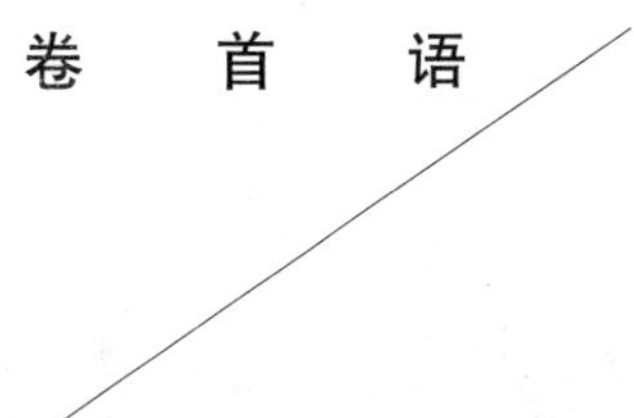

半个月前，我去了一趟西双版纳勐海县的勐往乡。站在曼糯大寨金灿灿的山顶上，布朗人岩迈用手指着一条条山谷，告诉我这一带有三条河流，名为南叫、南点、南往。南叫河是从佛陀脚印旁边流过的河，南点河是佛陀疏通的河，而南往河是水稻诞生之河。随后，他领着我翻越一座座山岭，把我送到了密林中的一块巨石下面。初冬的密林，雷声、暴雨和鸟群已经撤走，各种树叶在天空中尽情地做着跳伞游戏，四周的寂静只有寂静之神才能准确地描述出其向阳的一面和背阴的另一面，而我所领受到的宽度是如此的不可信。我以为这个叫岩迈的人，他是领我来看巨石后面密林中杂生的古茶树，然而，来到巨石下方，只见他脱掉了鞋子，赤着脚，踏着杂草、枯枝与落叶，去到巨石底下，双膝一折便开始频频磕头……

他说，佛陀从这儿路过时，在巨石的顶上留下了一个深深的脚印。从巨石旁边的坡地往上攀登，就能看见，他所说的神迹所在之处建有一座金色的佛塔，在透过密林的阳光里宛若巨石藏着的宫殿露出了神圣的尖顶。但我没有靠近，因为那一瞬间，我相信乔达摩·悉达多正从朝圣者岩迈头顶上的巨石上又一次路过。

2018 年 11 月 28 日，昆明

诗收获

2018年冬之卷

目录

季度诗人 //

臧棣诗歌 // 臧棣 // 002
语言创造平行世界——重新理解臧棣 // 廖令鹏 // 031
朱朱诗歌 // 朱朱 // 039
当代诗中的“维米尔”（节选）// 姜涛 // 054

组章 //

终极之旅——献给谢阁兰的长诗 // 程抱一 作 // 胥弋 译 // 064
野马 // 商震 // 070
庭屹的诗 // 庭屹 // 079
泉声的诗 // 泉声 // 083
汤养宗的诗 // 汤养宗 // 091
车前子的诗 // 车前子 // 097
我自己的佩剑 // 李建春 // 101
在我的故乡酩酊大醉 // 周簌 // 112
藏地诗篇 // 那萨 // 116
我的村庄，我的物语 // 梁梓 // 120
黎衡诗选 // 黎衡 // 125
谷禾的诗 // 谷禾 // 138
此生愧疚 // 李不嫁 // 142
谢觉晓诗选 // 谢觉晓 // 145

诗集诗选 //

《雪是谁说的谎》诗选 // 倪湛舸 // 154
《清风起》诗选 // 陈巨飞 // 160
《回到一朵苹果花上》诗选 // 康雪 // 170
《花香滂沱》诗选 // 夏午 // 179

域外 //

尼古拉·马兹洛夫诗三十首 //
【马其顿】尼古拉·马兹洛夫 作 // 黄峪等 译 // 192

这就是双手抱着你的人，让你旋转//［俄罗斯］ 奥列霞·亚历山德罗夫娜·尼古拉耶娃 作//汪剑钊　译// 214

推荐 //

敬文东推荐诗人：杨政// 226
一行推荐诗人：施茂盛// 245

中国诗歌网作品精选 //

夜雨//庞培// 258
蛾//黄蛾黄// 258
进山//武雷公// 259
晚安，少年 //丁鹏// 260
我的雨和种子//莫非// 261
冈仁波齐//方书华// 262
筷子//黄梵// 263
婚姻//憩园// 264
麻雀//许敏// 265
赠忧伤的晨鸟//陈虞// 266
黄泥小道，及我的乡村叙事//谈雅丽// 267
目睹一只鸟的死亡//衣米一// 268

评论与随笔 //

从“蝴蝶”“天狗”说到当代诗的“笼子”//姜涛// 272
荡子与贤人——周作人与霭理士//戴潍娜// 287

季度观察 //

精神生活、持续性与“个人深处的真相”——2018 年冬季诗歌读记//霍俊明// 298

《雪域》 曹悦 80×60cm 2016 年

季度诗人

001

臧棣诗歌

/ 臧棣

1964 年 4 月生于北京。北京大学中国诗歌研究院研究员。现任教于北京大学中文系。出版诗集《燕园纪事》(1998)、《风吹草动》(2000)、《新鲜的荆棘》(2002)、《宇宙是扁的》(2008)、《空城计》(2009)、《未名湖》(2010)、《慧根丛书》(2011),《小挽歌丛书》(2012)、《骑手和豆浆》(2015)、《必要的天使》(2015)、《慧根》(英文诗集)、《最简单的人类动作入门》(2017) 等,诗论集《诗道鳟燕》。曾获《南方文坛》杂志“2005 年度批评家奖”、“1979-2005 中国十大先锋诗人”(2006)、“中国十大新锐诗歌批评家”(2007)、第七届“华语文学传媒大奖 •2008 年度诗人奖”(2009)、2015 星星诗刊年度诗人奖。2015 年 5 月应邀参加德国柏林诗歌节。2016 年应邀参加德国不莱梅诗歌节。2017 年 5 月应邀参加荷兰鹿特丹国际诗歌节。2017 年 10 月应邀参加美国普林斯顿诗歌节。

人在科尔沁草原，或胡枝子入门

十年前，它叫过随军茶；
几只滩羊做过示范后，
你随即将它的嫩叶放进
干燥的口腔中，用舌根翻弄
它的苦香。有点冒失，
但诸如此类的试探
也可能把你从生活的边缘
拽回到宇宙的起点。
没错，它甚至连替代品都算不上，
但它并不担心它的美丽
会在你广博的见识中
被小小的粗心所吞没。
它自信你不同于其他的过客——
你会从它的朴素和忍耐中
找到别样的线索。四年前，
贺兰山下，它也叫过鹿鸡花；
不起眼的蜜源植物，它殷勤你
在蜜蜂和黑熊之间做过
正确的美学选择。如今，
辨认的场景换成科尔沁草原，
但那秘密的选择还在延续——
在珠日和辽阔的黎明中，
你为它弯过一次腰；
在大青沟清幽的溪流边，
你为它弯过两次腰；
在双合尔山洒满余晖的半坡，
你为它弯过三次腰，
在苍狼峰瑰美的黄昏里，
你为它弯过四次腰；

表面上，它用它的矮小，
降低了你的高度；
但更有可能，每一次弯下身，
都意味着你在它的高度上
重新看清了我是谁。

2018 年 9 月 2 日

双合尔山入门

渐渐恢复的草原湿地
衬托你至少在私人情感里
拥有看待它的五个角度：
远远望去，天下第一敖包的美名
令它的形状刚好吻合于
科尔沁的乳房；白云飘过，
涉及神圣时，归宿感
将游牧的精魂猛烈召集在
离长生天最近的地方。
敖包节刚刚举办过，相亲的
味道依然飘浮在烤过
全羊的空气中；如果仰面躺下，
奶皮子的回味会把你直接
扭送到五百年前的七夕夜。
另一个对比由围绕它的象征展开的
地势的平阔与突兀的崛起构成。
你不可能视而不见，正如独自
登上山顶，目睹美妙的余晖
将你的身影安静地投映到白塔的
基座上时，你不可能无动于衷一样。
你的孤独在那一刻被放大了
一百万倍，而与此同时，

你的渺小也被浓缩了一千万倍。
明明是过客，但令背脊湿透的
却是朝山者的汗水。上山之前，
演练分身术涉及如何对付
尘世的喧嚣；下山之后，
将前生和后世愈合在
不服老的天真中已变成
头等大事。追溯到起源神话，
恶灵以为只要变身为野兔，
便可逃过正义的法眼；
而腾空的猎鹰，利爪滴着血，
迫使恶魔的原形再次露出狰狞；
搏斗结束后，猎鹰降落的地方
慢慢形成一座高耸的山丘。
如此，临别时回望它的风姿，
你突然有欲飞的冲动，也在情理之中。

2018 年 8 月 31 日

宝古图沙漠入门

尚未抵达，还没从眼窝里
揉出亲爱的异物时，
传说中的，随处可见
骆驼骸骨的，作为危机
传来递去的，沙漠是人类的阴影，
是仅次于地狱的负面消息；
从边陲开始扩散，直到
你的心跳缩影为警钟的回音。
任何时候，都适合远眺；
但其实，只有巨大的风景
才会脱下如此巨大的面具——

刚刚吞噬过水草
丰美的绿洲，但痕迹却只剩下
荒凉对苍凉的占有欲。
威胁时刻都在，而危险
却如此依赖个人的判断，
就好像你已错过只身深入到
它的腹地的最佳年龄。
看上去有点像末日之战
突然僵硬在永恒之美的斡旋中；
否则落日怎么会妖冶得
就如同奇迹，绝不可能再有
其他的烙印。一旦抵达，
哪怕半小时的解脱
仍不足以蒸发苦闷的象征，
人还是会乐于输给肉体的俘虏；
一次有效的抵达，意味着
沙丘的起伏已无关风云变化。
相对于我们已准备好的雀跃，
这无边的瀚海，更像是
没有后台的舞台；轮番出场时，
死亡摸过时间的底牌，
时间也以同样的手劲
摸过你我的底牌。再回到
世界的阴影如何用于
绝对的启示，心灵的纯粹
在干燥到如此干净的沙漠面前
仿佛遇到了我们在别的地方
不可能遇到的一个谜底。

2018 年 8 月 27 日

梵净山入门

峻岭的乐趣。自由的呼吸
急促我们在如雨的汗流中终于把握到
只有把面具扔进万丈深渊
才能减轻的那种重量。

在牛粪和蝴蝶之间，
青青野草犀利于我们试图
用多舛的命运来模糊人性的弱点时
有东西就像蚂蚁一样。

角度不同，悠悠才更恰当于
白云像一次纯洁的提拔。山路上，
阵雨密集一个洗礼；我们仿佛都还有机会
不辜负我们依然是生命的对象。

接近顶峰时，夏季的山风
猛烈如世界已不再低落于
你我偶尔也会弄错万物的影子。
又一次，最好的时光是由盘旋的鹰隼调慢的。

赠李寂荡，2018 年 8 月 13 日

飞蛾入门

起先，听上去很像是
有人在捣鬼，将夏日枝条上
未成熟的小果子投掷在
仿佛刚刚安装上去的玻璃上。
玻璃的后面，你的自选动作

仿佛也刚刚开始和生命的掘进有关；
只是你挥舞的镐头已列入隐形史的最高机密，
外人很难觉察。唯一的迹象
就是透过玻璃，时间的洞穴深处，
光明如同从词语的缝隙涌出的
带着冰凉的岩石体温的渗水。
而它们的动静似乎也和使用
很容易模糊在血肉中的某种工具有关；
只要稍微有点冷漠，它们听起来就会淹没在
无意义的敲打之中。但那一刻
终会到来，它们的固执
暴露了光明的另一面。凭借飞蛾的本性，
它们试图冲进光明的本质，
把它们身上的黑暗记忆彻底熔化在
火的决定中。假如把夏夜的寂静
比作一个特制的扩音器，
除了以自身的死亡冲撞光明的意义，
你不可能找到其他的字眼
来描述它们的起源。由于撞击
只可能因意外而终止，它们制作了
它们不怕麻烦死亡的节目单——
就好像我们小瞧过它们的意志，
或者就好像它们已不计较
我们从来就没看懂过
它们把死亡和光明紧密联系在一起时
表现出来的那种惊人的努力。

2018年8月14日

驯兽记入门

黑影憧憧，踩踏的响动

经脆断的枝叶反弹后，
粗重的鼻息渐渐从宇宙的背景中
过滤出新的物种：一旦靠近，
你可能是它的皮，棕毛倒立，
紧张得就好像在你和死亡的对峙中，
悲伤是一头野兽；新的饥饿
已经形成，食物链的顶端，
你的愤怒比世界的虚无
还要精确一万倍。要排序的话，
按黑暗的程度，孤独是另一头野兽，
以生活为迷宫，将它的粪便
醒目地涂抹在白日梦的出口。
而你太爱干净，不甘于
假如按熟悉的程度排序，
死亡是你的最大的洁癖。
常常，趁着夜幕，巨大的悲伤
兽性弥漫，将命运反刍为
按胃口的大小，死亡无法改变
我们之间的心爱；死亡能改变的只是
我们之间还剩下多少粒虚无。

2018 年 9 月 15 日

梅岗入门

天香浮动已然很效果，
但寒香比暗香更氛围——
就像一次注射，针对记忆的同时，
也针对从你身上能扩散出
多少春天的面积。怎么看，
寻访梅花都比寻找自我
更入戏，更委婉于

我们的确可以更直接地面对
我们曾拥有最美的化身。
感谢宇宙中有这么多好处
突然轮到你来把握它们
是否正显现在正确的地点。
说起来，和自然接头，
梅岗就很现场。小径的尽头，
细雪的映衬下，小面具涂着
鲜嫩的花色，静候知音的到来。
如果你确定你已非常接近，
我刚刚混迹在人流中
就没有白白浪费掉一次虚心。

赠沙克，2018 年 7 月 29 日

方孝孺墓畔

二泉山的阴面，葱茏的
佳木中，榔榆最拔萃；
起伏的蝉噪犹如变音的警报，
拉响在绿肺的深处。

但总体上，幽僻依然提炼
一个凭吊：浓密的绿荫中，
惩罚曾因嘴硬而残酷，
而死亡早已被风景稀释。

据说汤显祖的感叹比真相
更接近故事的原貌，
但更可能，再天才的线索
也会因原则的改变而日益模糊。

此处，青石有多重，要看你
怎么隐喻天平的倾斜。
你不会以为历史的悲剧
从未留下过形似蝉蜕的空壳吧？

成熟的秘密中，每个悲悯
都意味着一次剧烈的牵扯：
皇帝的权力可不是一般的春药，
吸食之后，人性的黑洞

已将地狱的火焰无缝对接在
张开的虎口中。动物多么寓言；
陪伴过老虎的人，都曾精明于
历史不过是一场赌博，

但坚挺的筹码既已攥在手心，
就这么丢掉，实在太可惜。
更何况生命和权力的不对称，
听上去就像一次盗墓未遂。

2018 年 7 月 30 日

雨花石入门

人生的奇遇仿佛始于
你绝不会对它无动于衷——
第一块得自高座寺旧址，
青春之歌中有一只手
握着它的秘密，将信物的分量
递向你的掌心。玉润的感觉
犹如一场无形的锤炼，
诱使你在飘忽的雨花中

顺着它细致的纹理美
领教男人的品性中尚未定型的另一面；
如果你缺乏神秘于意志的蛮力，
它看上去便像晶莹的玩物；
如果你的热爱源于生命的天真，
它就会把开花的玛瑙凝聚成
永恒的瞬间，伴随在你身边，
构成一道小小的石英警戒线，
并将孕育它的宇宙的力量
悄悄释放在你的偏爱中。

赠孔繁勋，2018 年 7 月 27 日

龙泉寺入门

安静下来，心灵才构成
最大的回报。放生池清澈
一个见底的虔诚。再往前，
花影的弹性甚至比时光更荏苒
一个精神的亮点。普渡桥头，
烟雨啼绿，将军山偏僻你
在幽静的峡谷中感叹
人世的尘埃至少有一半
可以用清泉洗去；另一半
最好作为小小的悬念，
保留在下一次你依然会
大汗淋漓。说起来，一个人
想要涤尽他身上的全部尘埃
纯属过于现实；更负责的态度是，
只将他身上的尘埃洗去一半。
如此，断臂崖沧桑野菊
怎么看，都比人性快了半拍，

才更合乎万籁的本意。
据说，战火也曾令此处
嶙峋的巨石焦黑；而千年后，
灵狼洞外，不管你有没有
准备好一个圆融，山雀的鸣叫
都将洞穿望云亭的原始动机。

2018年7月28日

天坑入门

将你带到它面前的
那种惯性，还不足以称之为
命运的安排。迷人之处，
带着巨大到足以媲美迷宫透气孔的
一个深坑，它将自己的秘密
缓慢嵌入高原的孤独；
或者根据形状，将碧绿的峭壁凹陷成
一个圆，以便面对生活的陷阱时
我们能有另外的选择，
只是它揭露它自身的假象过程中
顺带用到的一个借口。
死亡并不真实；真实的，
不过是我们对自然还有
一个很深的想法；比如，
我们的风景，是我们的代价。
抑或更唯美，我们的风景
早已曲折于我们的代价。

赠周瑟瑟，2018年6月21日 成都

马兰花入门

无人区里的密丛草本，
以沙尘暴为洗礼，但开出的
紫蓝花朵却像蝴蝶同情
你害怕孤身一人去勘测
干燥的戈壁里的神迹。
就生长习性而言，它的自由是
绝不承认莽莽荒漠只是
死神的舞台。假如这情景
确实有点难以想象，你不妨
先用两块西瓜疏通一下
喉咙深处的生命的弹簧；
然后越看它越像一张绿脸
被无数针形长叶撕成了
蓬松的竹节草。根系发达，
入药的程度更全面到
浑身都是宝。适应性极强，
你抵达过的最恶劣的环境里，
也会有它的身影，但它不会
产生你会产生的垃圾。
用于驱虫时，你甚至发现
原来给世界解毒的方法
可以多到用它的根须做扫帚，
魔鬼也会长久地跪在地上：
像刚脱过胎似的，默默搂住
领头绵羊的脖子。

赠西凉，2018 年 7 月 15 日

红醋栗入门

又酸又脆，标准的小野果派头，
但端上来时，它的身价
陡然翻倍于土话里竟有
卷舌的花腔：它是自己种的。
就饱满而言，只有漠视命运的
原始冲动，才会酝酿出
如此新鲜的反调。落叶灌木，
新枝上的锐刺令你想到含羞
也可多于人性。它丰富于
天路偏爱借道迷途，
穷人是我们共同的隐喻；
它的花心几乎从不示人，
作为弥补，它的锌含量高到
仅凭口感，你就能洞穿
生活的秘诀原本就是
在平凡的场合接触物在风物中。
它多到随便采摘，只要你不伤心
我们已没有机会变回野人。
文学的小甜头，契诃夫
将它的象征性捏碎在
即将到来的情节的高潮时
特意提到普希金曾断言：
在助人高尚方面，真理
常常会输给谎言。所以
它看上去像灯笼，用蜜汁充电，
也就没什么好奇怪的。

2018 年 7 月 18 日

沁河入门

蓝天低得像第二现场；
闪过心底的念头
无不和你依然渴望
称它为活水有关。

河床上，河水的奔腾
其实更像溪水的流淌；
假如确不曾像想象中的那么泱泱，
那是它知道你不会误解

它的动静。你不会看不出
弯弯的河道中，暴露的石头
像一堆幸福的骨头
陈列着迹象即启示。

说到紧迫性，越接近源头，
荒凉越像洗礼。艳阳下，
油绿的玉米如同高高举起的
正准备否决转基因的手臂。

很多角落都让我想到希腊的景致。
比如，河滩上放养的鸡
令我突然想起苏格拉底被迫喝下毒酒时
用冷静的嘱咐抵达的戏剧性：

面对诀别，他说他只欠
阿斯克勒庇俄斯一只鸡；
而我有更激进的想法，只要涉足过沁河，
人世间的债务均可一笔勾销。

赠李浩，2018 年 8 月 5 日

灵空山入门

龙的故乡，但舍身崖更陡峭
你不妨再次尝试一下变形记。
这里具备仙境不是陷阱的所有条件，
为了方便可能的跨越，它甚至真的
为我们在峭壁上搭了一座仙桥。
过度的遮掩已失去理由，
弦外之音居然来自松涛阵阵，
但真想放松的话，一切暗示
都不如你早已在内心中放下了
对付历史之恶的所有窍门。
青翠满眼，参天的古松生动
最风光的景致居然在龙脊上。
鬼斧的痕迹难免刻意，还是飘浮的
雾霭暴露了更多时间的软肋。
红腹锦鸡闪过时，鹤立就很姿态，
即便你我已习惯于对着面具
声称我们更愿意是普通人。
此处，把灵魂交给空旷的
可预见的最大的后果，也不过就是
我们已没必要肤浅到否认
我们的脊背上曾长出过羽毛。
生命的感觉是相通的，所以听到
丹顶鹤的声音，夕阳也会加入飞翔。

赠谷禾，2018 年 8 月 9 日

龙船花入门

为了加深你对南方的烈日
应有的印象，它将茜草科植物的花色
丰富到天使也想偷看一本禁书；
甚至因为艳丽居然能密集到
不再是一种代价，魔鬼也在琢磨
它的根茎可能会对胃痛
有特殊的疗效。它要求照射
它的阳光必须充足到
它已答应将它的名字
从水绣球改成仙丹花。
它保持株形美观的秘诀是
它能更道德地看待杂交现象；
如此，花叶的相互映衬
在它身上完美得好像
只要有人在你耳边大喊一声
请用睁大的眼睛重新呼吸一下
这个世界吧，死去的亲人也能猜到
你再次找回自我的同时
一只蝴蝶正从容地飞落在
你晒黑的手背上。细看的话，
它的四片花瓣恰好完成了
一个精巧的小十字，所以
绳索砍断时，要么是待嫁的新娘
端坐在逐浪的花床中央，
要么是混杂在艾草和菖蒲之间，
它的驱魔术已死死咬住颠晃的船头。

赠向卫国，2018 年 8 月 8 日

台风山竹入门

当湛蓝的海面开阔到
让低垂的白云不断轻佻
人生如梦，它的不满已接近
一种临床现象；它不会止于
我们以为它不过是一种天气现象——
还有比充满梦幻色彩的
太平洋更好的舞台吗？
霹雳几乎是现成的，
它只需把它自己的疯狂的旋转
举向奇观的缺席；
行踪飘忽，但大致的方向
就像一个核按钮已被悄悄按下……
玻璃粉粹，伴随着美人的尖叫声，
从高空坠落的建筑残片将无视警告的行人
狠狠砸倒，而猛烈倒灌的海水
看上去更像有魔鬼卧底在我们中间
试图隐瞒在自然面前人人平等
比在法律面前人人平等
更有效。它的磅礴
几乎令所有的刺激物瞬间失效。
它漂亮于我们多少还能借助
它引发的恐怖反思世界的安慰。
唯一的区别，它的时间
要远远少于我们的时间。
所以，它只能从强度方面
报复神的遗憾。它放纵自己的失控，
沉湎于仿佛只有死亡能纠正
历史之恶。一旦复杂，
真实就难免太廉价。它必须让自己

看起来更像一个巨大的谣言，
妖艳于它的毁灭性，可以在异地
兑换成厚厚的一沓站票。

2018 年 9 月 16 日 金华

最后的蝴蝶入门

比香山更环抱，好色的落叶
又悄悄开始以你我为对象
进入它们酷爱的角色；
任何虚晃一枪，都比不过它们更擅长凋谢：
在风景的秘密中凋谢
好比你注定会迈出那自然的脚步；
在人生的恍惚中凋谢，意味着
它们渴望将自身埋伏成
一种只有轮回之歌才能认出的针眼；
在时间的深渊中，它们的凋谢针对的是
仿佛只有立秋后的蝴蝶
才能将世界的全部重量扇动为
一对美丽的翅膀，一会儿将你轻轻打开
一会儿又将我迅速合拢；
直至精灵们不满化身太偏僻，
从暗影里跳出，面对宇宙的苦心发誓
我们的智力从未被低估过。

2018 年 9 月 23 日

与你同在入门

仅仅说地势平缓
还不足以回馈这北方的山谷

悄悄将宇宙的温柔单独泄露给了
最陌生的你。没有痛苦
对我们的试探，没有愚蠢
对我们的羁绊，也没有永生
对我们的持续不断的小小的疑惑，
完美的置身如同影子也会流汗；
一旦心静胜过心经，稠密的鸟鸣
来自将时光高高竖起的秋天里
有一个气爽，蔚蓝到
生活的艺术就是与你同在——
你是幽黑的树洞，我会与你同在；
你是白云的梦，我会与你同在；
你是落叶，枯黄到令死神的小把戏
无地自容，我会与你同在；
你是支撑过足底的岩石的棱角，
我会与你同在；从枝丫上
突然飞起，你是差一点
就没认出的伯劳，我会与你同在；
刚刚润湿过干裂的双唇，
你是溪流，潺潺自然的同情
胜过心灵的慰藉，我会与你同在；
轻轻摇晃，放任美丽的颜色
加深情感的记忆，你是波斯菊，
我会与你同在。哪怕人生的阴影
将世界打回原形：你是爱的盲目，
黑暗到只有疯狂能成就
一个偎依，我会与你同在；
比闪电暴露得更多，你是我的
神秘的伤口，我会与你同在；
或者就像流言散布的，你是死亡的背叛，
我会与你同在；可怕的美
会嫌你年纪轻轻吗？你是深渊，

深到只有最陌生的我发出狮群的怒吼
才能将生死之间的界限抹去，
我依然会与你同在。

2018 年 9 月 27 日

小偷家族入门

电影已开演，你迟到了五分钟。
检票口突然清静得像
自我惩罚即将施行前的
一点点冷场。如果进去，
和其他的观众一样，你不过是
错过了故事的开头；
精彩的东西，往往闹到最后，
才会和盘托出。但十年来
你已养成特殊的癖好——
只要看电影，哪怕迟到半分钟，
你也不会像假装忘带手表似的，
快步从检票口溜过去。
错过了开头，就必须重新买票——
你的原则顽固得像辩证法
已经在细雨中失灵。
涉及人生的悬念，少看五分钟
和少看半小时，区别不大；
但就损失而言，错过了开头，
就错过了神秘的弥补；
更严重的，它甚至意味着
你放纵自己的无知偷走了
本该属于时间的礼物。
更暧昧的，你和大多数人一样，
还没意识到你事实上偷走了

属于你的完整的生活。

2018 年 9 月 3 日

那匹马入门

——重读尼采《查拉图斯特拉如是说》

隔着汗津津的厚皮，
尖锐的疼痛在另一个红海里爆炸；
如果它仅仅是畜生，是挥舞的皮鞭下的
只能由冷酷来麻痹的对象，
那么，在你我之间
让沸腾的血液猛然凝固起来的
那一小坨可贵的惊愕
又会是什么呢？当都灵的乌云
带着黑色的困惑将现场围拢，
哪怕死神偷懒，那永恒的轮回
也会把你中有我带到深渊的边缘，
就好像那里埋伏着比窄门更多的抉择。
那里，坚决到沉闷的空气
叼着热烫的碎片，就好像无意之间，
空气暴露了时间是长过虎牙的。
那里，高昂的头颅被紧紧搂住，
伸出的手臂仿佛来自比神的觉悟
还要清醒的一个生命的动作；
而作为一种阻挡，你的拥抱
是比我们更天真的变形记的
分镜头，你的哭泣是歌唱的项链，
将伟大的疯狂佩戴成
围绕着无名遗产的一圈鲜花。

2018 年 9 月 29 日

秋夜入门

我记得这些依然弥漫在
世界的黑暗中的触摸：
啼哭是你的温度，新生比诞生尖锐；
僵硬是你的温度，你的游戏
始终领先人间的悲剧，
正如同你的躲藏常常领先我的眼泪；
一滴，就是一个十足的支点——
如果我想撬动地球，阿基米德的
叫喊听起来简直像蚊子。
很咸，但假如死亡的味道
仅只强烈于时间已坍塌在
时光的隧道中，全部的呼吸
就不会像此时这般将你的呼唤
过滤成你我的秘密。轻轻颤动的树叶，
偶尔会巨大到难以想象，
一个插曲，秋夜即秋叶；
这样的黑暗几乎可以将全部的仁慈
溶解到心灵深处；我不会畏惧
这样的挑战：你的虚无
最终会绷紧我的软弱，
就好像月光的绷带正缓缓展开。

2018 年 10 月 3 日

菊芋入门

美好的一天，无需借助喜鹊的翅膀，
仅凭你的豹子胆就能将它
从掀翻的地狱基座下

狠狠抽出，并直接将时间的蔚蓝口型
对得像人生的暗号一样
充满漂亮的刚毛。为它驻足
不如将没有打完的气都用在鼓吹
它的花瓣像细长的舌头。
或者与其膜拜它的美丽一点也不羞涩，
不如用它小小的盘花减去
叔本华的烦恼：这生命的加法
就像天真的积木，令流逝的时光
紧凑于你的确用小塑料桶
给我拎过世界上最干净的水。
清洗它时，我是你骑在我脖子上尖叫的黑熊，
也是你的花心的营养大师；
多么奇妙的茎块，将它剁碎后，
我能洞见到郊区的文火
令大米生动到你的胃
也是宇宙的胃。假如我绝口不提
它也叫鬼子姜，你会同意
将它的名次提前到比蝴蝶更化身吗？

2018 年 10 月 4 日

银杏夜入门

介于夏夜和秋夜之间，
它支起它的黑铁般的寂静，
将通往窄门的捷径
指给你看。它不担心
你会认错，它忠于时间
就好像它和陨石打过赌；
每一次路过，它都会准时于
喧响的树叶像勃拉姆斯

也曾想去非洲看大猩猩。
它清晰于人生不乏幻象，
但是距离产生美偶尔也耽误大事；
它严肃得像它瞧不起
镌刻在石头上的甜言蜜语。
它喜欢月光的热舞，
它孤独于没有一种怜悯
能搂紧在它的树枝上栖息的画眉。
温差确实有点大，它用冰凉溶解
宇宙的冷静，比邻神秘的善意；
如此，它高大于挺拔就好像
你正从峭壁的梯子上醒来。

2018 年 10 月 6 日

清水湾入门

太靠近碧蓝对波涛的耳语，
一排浪，意味着世界的脊背
已被按摩了不止一次；
所以，它的小完全是对比造成的。

肉很绿，茂密到也不全都是
枝叶在轻颤。从大叶榕
过渡到血桐，每个缝隙都太靠近
明亮对人生之谜的刺探。

当最好的溶解来自向外眺看，
黑眼睛也可以清澈到裸露的礁岩
反而不像一次意外；但我们会同意
眨动的睫毛是上扬的白云吗。

爬上去，山顶的寂静就好像
宇宙只剩下了一座大海。
你没有认出你的心灵的基座
不妨责怪一下：小沙滩太像时间的跳板。

2018年10月12日

血桐入门

蒴果开裂时，乌亮的种子
令食饵完美到蝴蝶甚至
想过多嘴就多嘴吧。
细心旁观后，它最喜欢做的事
莫过于和时间互换背景——
当人生的孤独减弱为
药力可疑，它将自己扎根在
海边的嶙峋中，比挺拔的棕榈
更醒目地构成时间的背景；
另一番辨认似乎出自故事的力量——
当海风不断提高嗓门，
试图绕过天使，深入新的角色，
它凭借猛烈的摇晃
争取到风景的信任——
那一刻，它几乎是信念之树；
迹象多到它的叶面宽大，
叶脉更逼真到比掌纹还命运，
并且每一片，都清晰得
像一个绿色的小盾牌。
那一刻，明亮的树荫下，
你侧过身，抓拍大海的永恒，
令时间蔚蓝到已无箭可用。

赠吴盛青，2018年10月16日

重阳节入门

以死亡为上坡，你的南方很高，
高到每朵菊花都是
一个金色的台阶。
以人生为下坡，我的北方很深，
深到每朵浮云都是
一个白色的叹息。
必须承认，我今天很黄，
对比度远远超过了植物的火焰
对炼狱的一次性补充。
金身比真身，哪一个
更像你的化身？如果忍受不了
膝盖的尖叫，我怎么敢赌
起伏的峻岭中唯有
此山为大？大到如果抬头看，
我几乎能看见我的背影
渐渐小于从你的肩头
慢慢飞走的一只山隼。

2018 年 10 月 17 日

江心岛入门

展翅之后，白鹭邀我们入伙；
它们的鸣叫像白色的炸弹，
在我们头顶，将人生的黑暗
粉碎成回音的碎片。
另一项任务更具有挑战性：
无视命运和风景之间巨大的裂痕，
展翅的白鹭在低空中

为你准备好了会唱歌的雪白，
它们甚至还准备好了
美丽的蝴蝶也无法想象的，
仿佛只有纯洁的肉身才能体会到的
另一种轻盈：涉及人的形象，
也涉及非人的面目对你我的
悄悄的总结。更体贴的，
怎么散步，都像是再也不会
浪费时间和宇宙兜圈子了。
平缓的水势不止是令记忆开阔；
激流已涌进血脉，假如前身
足以清晰一个友谊，就不必过虑
漩涡是否还埋伏在心潮中。
自然的见证才是关键所在，
就好像倒影只翻译水月的一半，
以便你酝酿突然的觉悟，
令虚无摸不透我们的沉默。

2018 年 6 月 17 日 毕节

平南八音入门

时而激越，澎湃你
刚刚在浔江的夜色中
横渡过生死。纹鳝鲜美，
将一个压惊红烧在它的细嫩中；
有回味，才有继续的可能。
如此，唯有垂钓者的猎获
比万物的本源更捷径。
时而悠扬，三支唢呐嘹亮你
仿佛在峥嵘的大鹏山中
刚刚刷新过天人合一；

每一只飞鸟，都解决过一个烦恼。
每一片竹影，都轻盈过一个深渊。
时而淋漓，一对铜镲铿锵你
在蔚蓝的背景中眺看过
大西山的灵性。白云下，
一旦唯心，渺小替浩渺节约过
多少已浪费掉的时间啊——
没错，有一扇门就这样
在扁鼓的敲击里缓缓打开了。

2018 年 6 月 7 日

印心亭入门

浔郁平原的深处，
炎热嶙峋一个造访——
回头路上，小小莲花池
深浅一个岭南的优美；
倒影里，铁青色岩石胜过
一群巨狮，遇仙听上去像欲仙；
心先于风动，滴水洞里
才会有一头湿润的犀牛
像理想的听众；它会默默记下
你说过的每一句话，假如你
确实讲过：私欲太耽误
宇宙的对称，太不懂必须
给世界的影子一个面子。
不光是驴，其实厚厚的牛唇
也对不上漂亮的马嘴。
说到底，顺应事物的本性的
最大的好处是：俯瞰即眺望。

2018 年 6 月 9 日

语言创造平行世界

——重新理解臧棣

/ 廖令鹏

臧棣是一位兼具原创性与系统性的诗人，在中国新诗发展史上具有重要地位。他继承了汉语的优秀传统，运用富于歧义性、灵活性与多样性的弹性汉语，为我们打开了日常世界的多扇窗户。他的作品不仅带着令人惊讶的纯真，像儿童般的天真，又桀骜不驯，踽踽独行。他力图在时代的风云变幻中坚持一种语言的真理，值得我们深入研究。

臧棣的语言

歌德是 18 世纪世界文学的闪耀明星，卡夫卡把他称作是人类最高导师之一，认为由于歌德那具有超前意识和哲学深度的语言的强大，“延缓了德意志语言的发展”。著名文艺批评大师乔治·斯坦纳却对此进行了反思，“‘大屠杀时代’，一个人晚上可以读歌德和里尔克，可以弹巴赫和舒伯特，早上他会去奥斯维辛集中营上班”。语言与时代竟然形成如此之大的反差，让我们不得不思考语言的历史表现。

众所周知，臧棣的诗歌语言独具魅力，理解臧棣最好的办法就是从语言开始。而理解臧棣的语言，我认为最好从历史表现开始。这是一个非常复杂的话题，我们可以简单进行描述。

20 世纪 90 年代的中国诗歌界画出了知识分子写作和民间写作两个阵地，后来这两个阵地逐渐分化和演变。一些评论家认为这两个阵地的不少诗人都在变化，包括当年那些被称为“知识分子写作”的诗人，像肖开愚、孙文波、王家新等人，或者向现实靠拢，或者向神秘转型，或者投入日常经验。同样，将臧棣划归到知识分子写作的阵营，现在看来，有些过于简单了，那或许是二十多年前一次偶然的权宜的划分。他今天的写作似乎与“知识分子”是一种“莫须有”的关系，他当年所坚持的，现在仍在坚持。

如果说臧棣几十年创作，有什么坚持与延续的话，那就是当代诗的“直接性”语言[1]，即来自于与现实经验世界发生的必然联系、生发于神秘想象的根性语言，以及这种直接性背后的新纯诗写作。臧棣 90 年代就已形成了建立在直接性语言之上的新纯诗创作理念，并一以贯之，在自我的诗歌心灵和诗歌价值观中，追求独立于时代变化的个人写作。就历史表现而言，我理解这既是一种策略，也是一种勇气和智慧。

语言的荒诞、语言的觉醒、语言的欢乐与语言的喧嚣，构成 20 世纪 60 年代以来语言的基本表情（但非绝对表情）。在这变化当中，诗人坚持一种语言是很难的，除了信念和勇气，还要有强烈的历史责任感。从 80 年代到今天，臧棣的语言从被称为知识分子的语言，到现在人们几乎不对他的语言作任何概念性的定义，就很能说明问题。这并不是说语言对于诗歌已经不重要了，而是随着时代的发展，人们对语言有了越来越多理解与适应，有了新的变化，即变化的不是语言，而是人们对语言的偏见。换句话说，臧棣直接性的新纯诗创作，其“根性”一如既往，指向语言，由语言通向生命，通向更广阔的世界。一方面，在动荡而复杂的政治环境和社会环境中，这是他创作的一种策略和一种价值追求，他的诗歌创作历程就是向纯诗理想迈进的历程。另一方面，这是在与“纯诗写作”理念倡导者瓦雷里较劲，因为这位誉为法国 20 世纪最伟大的诗人认为纯诗是无法达到的类型，只是作为诗人的理想而存在。

---

[1] 爱因斯坦曾说，在一个最基础的层次上追寻某个理论或思想的发展，具有一种独特的魅力，即一种直接性，而如果原始材料被许多当代人系统化地整理之后，这种直接性就会不复存在。

用语言创造一个诗的平行世界

人们对于“新纯诗”的提法主要是为了合法地独立于诗歌的泛社会化和伪批判现实性，但在今天看来，这种看法或许还有很多商榷之处。人们可能仅仅在意臧棣诗歌的社会性、修辞性和技巧性，而忽略了他试图靠近诗的真理的努力。实际上，臧棣借助了大量日常性场景，用智性的汉语，为我们“打开”了一个新的日常世界，有时候也“创造”了一个新的世界。这个世界是丰富的、奇妙的、神秘的、不确定的，它欢迎观看，拒绝阐释；打通当下，献给未来；它不是一个可知的镜像世界，而是一个不可知的平行世界。

臧棣的代表诗作《绝对的尺度》，当时大多数人把它看成是“个人化”写作之一种，即个人情愫的书写，而没有将语言、形式的美上升为一种事物准则与神秘力量。——在远离真理的时代用诗的语言谈论真理，人们也许会无所适从。——在“正午的奇迹仿佛只是 / 一种垂直的安静”这句当中，“垂直”是一种空间视角，是对柳树、水竹、荷花、芦苇等植物的在午间的描述，它们在天光下，全部呈现“竖”的形态，而安静是一种心理感知。臧棣把时空形态（正午的奇迹），全部集聚到同一种心理层面，非常直接而精准，同时显示出绝对性的力量。臧棣在 90 年代的诗歌语言中，集中表现出了诗人对外部世界和内部世界的统摄地位。

90 年代的《未名湖》系列中[1]，臧棣从自身出发，频繁地对动植物进行感受、理解以及叙述，构成一种个人写作的“世外桃源”。现在反过来看这些看似重复、絮叨的诗歌，我们会发现它基本上融合了所有的现代性思考，自然的、人生的、社会的、世界的、未来的等等。比如在其中的一首《未名湖》中，臧棣首先写道：“面对小湖，我练习保持沉默 / 小湖的倒影里，有些内容和我的沉默相似，/ 但我的沉默不同于湖水的沉默 // 我看到了一种自然的难度”，诗人在未名湖边上，把三样东西集合在一起，“沉默”“我的难度”及“自然的难度”，这显然是对像“文革”这样的历史性困境的隐晦描述。在诗人看来，历史性的大困境中，有比人更难的东西。风沉默的难度，在于“风声里夹杂着遥远的声音”；雨沉默的难度，在于“雨的小榔头 / 垂落在湖面上，有一种恸哭徘徊在 / 非凡与非人之间”；波浪沉默的难度，在于“将心灵变成了边界”。诗人在罗列自然沉默的难度的时候，用了一系列精

[1]　《未名湖》诗集中，1988—1998 年的“未名湖”诗歌就有 50 首，1998—2008 年有 50 首，共 100 首。

准的象征，几乎每一处都蕴含着历史性困境的现场总结。可以说，“历史性困境”下的“个人困境”是解读臧棣诗歌的关键钥匙，甚至可以说是解读《未名湖》的总钥匙。“未名湖”在文化意义当中，在与现实对应当中，在与人的相互关系中，是一个宏阔的所在。

语言是不断发展的。臧棣在《未名湖》中对个人化历史做了一次全面的总结之后，在 2011 年出版的《慧根丛书》中重新出发，展现了一个新的面貌。与《未名湖》一脉相承，臧棣以“丛书”的形式对日常生活困境进行深入思考，甚至对元诗写作也进行了思辨。西渡说他是“源头性诗人”与“集大成者”恐怕就缘于此。当时，对《万古愁丛书》的评论，差点成为一个现象 [1]。基本上，通过这首诗的解读，就能把臧棣的语言艺术和思想价值概括出来。即便如此，也没有什么用，因为这一百多首“丛书”，每首诗都有具体的指向。除此之外，在《必要的天使》和《宇宙是扁的》诗集当中，“丛书”涉及了大量不同的主题和对现实世界的思考。臧棣运用对事物的独特感知，对日常生活进行萃取和凝练，打散、糅合到诗歌当中，即“谙熟日常生活与写作转换的‘互文性’奥秘，其中最为重要的就是对日常的语言发现和修辞的提升” [2]。这样的工作对于他来说，已经高度成熟，思维中不存在任何障碍，换句话说，臧棣的意识已经构建起了一种诗歌语言生成机制，从而形成诗歌的直接性。这种机制背后，展现了一个“语言传感机”——随时灵动地处理我们的日常感受，展现了一种新的汉语节奏，强化了汉语和当代的生存体验之间的一种现实感。

对于语言技艺，臧棣在《慧根丛书》中进行了深入的思考及实践。他强调语言秘密，认为语言的秘密和人的秘密，神秘地反映在诗中，读者与诗人最终会在诗中相遇。同时，他强调了语言的独立性和自我创作力——他常在诗歌中论及语言，在各种杂谈随感中谈到诗的语言，加上丰富的诗歌文本和批评文章，已经构成他的语言诗学了。然而，臧棣诗歌的接受难度，使得许多批评常常停留在语言层面，包括纯技艺论、陌生化论与神秘论，认为他的诗有时候看起来不明觉厉，

---

[1] 《万古愁丛书》是臧棣为纪念张枣逝世而作的悼亡诗，写于张枣逝世的当月。评论家张桃洲写了《死亡的非形而上之维——析〈万古愁丛书〉可能的诗学》，臧棣自己写了《得意于万古愁——谈〈万古愁丛书〉的诗歌动机》

[2] 参阅霍俊明：《打开丛书第一页》，引自《必要的天使》，臧棣著，中国青年出版社，2015 年。

顾左右而言他，绕来绕去旁敲侧击。人们对“未名湖”的水草、飞禽、涟漪的关注，远远胜过对湖底深沉的景象；对“丛书”的迷恋，胜过“慧根”的体察。80 年代到 90 年代，多数诗人向后看、清旧账的时候，臧棣远离了这种诗歌的这种“革命陷阱”，坚持纯诗写作，坚持对历史的个人化书写，形成对历史困境的有效书写与超越，从而对语言建立的一种信任和相互激荡的关系，有一种“诗的获得感”，一种生命的切实体验。

对此，我十分赞同评论家周伦佑的一个观点，他认为，80 年代到 90 年代初那种视语言为诗的根本问题和归宿，导致了对诗的更本质方面的忽视和遗忘，使许多诗沦为轻浅的语言游戏和语感训练。90 年代诗歌写作则要打破这种对语言的神话，不是不要语言，也不是不重视语言，而是不再把语言看作神圣的中心而迷信它。破除语言中心论便是把诗和诗人从最后一个“逻格斯中心”的阴影下解放出来，使诗纯然地面对自身。讲到这里，周伦佑提出一个非常重要的观点：“这里需要把一个混淆了很久的问题颠倒过来：不是以语言为目的，而是以诗为目的；不是语言纯化诗，而是诗纯化语言——诗是使一个种族的语言得以纯洁的唯一的可能和保证。”我承认，周伦佑这个观点也是我所坚持强调的，是我们重新理解和认识臧棣的语言及其时代意义的基本所在。

《万古愁丛书》与《芹菜的琴丛书》

诗的最核心的能力，即从陌生领域里返回到生命自身的能力。即诗人在抵达他的个人限度后，是否还有足够的能力向生命本身回溯。臧棣的高超之处，就是能轻而易举地把“日常”借助诗的语言，升华至“神秘”“秘密”“神奇”“宇宙”（臧棣的诗歌中这些词语使用的频率很高）的境界，再从整体上对生命进行回溯与再现，使诗作为一种神秘的语言活动，提醒并揭示最根本的生命动机。我们来看《芹菜的琴丛书》这首短诗。

我用芹菜做了
一把琴，它也许是世界上
最瘦的琴。看上去同样很新鲜。
碧绿的琴弦，镇静如

你遇到了宇宙中最难的事情
但并不缺少线索。
弹奏它时，我确信
你有一双手，不仅我没见过，
死神也没见过。

这首诗，我认为是《万古愁丛书》之后又一首最具代表性的诗，也可以说是《万古愁丛书》的“姊妹篇”。《万古愁丛书》从具体的死亡的开始，进入到日常生活的感受，再到理性的思考，最后再进入虚无。因为是一首悼亡之作，生活场景和思想碰撞显得具体，指向性相对明确。但《芹菜的琴丛书》却不一样，这首诗用更亲切、更平民化、更易于理解的方式，把一种伟大的心灵引向神秘境地。臧棣以其特有的感知能力与表达能力，也就是我前面说过的对事物的统摄能力，把“芹菜”与“琴”这两个一俗一雅、一平凡一高贵的事物比在一起，“芹菜”是现实之用物，可以理解为一个人，也可以理解为人类，而“琴”是一种虚空之物，是艺术或宗教的象征。《万古愁丛书》中，“而你只勉强赞同诗应该比宇宙要积极一点”，把“诗”和“宇宙”联系在一起谈论“共同的处境”。

臧棣常常从“宇宙”的角度来考虑人的生命，这实际上就是超越时空的一种想象和追求。“宇宙”是什么，也许谁也不清楚，但那是一种意义的指向，是一个只有艺术才能到达的地方。在这种语境下，臧棣开始探索“最瘦的新鲜的琴”的命运——被“一双神秘的手”弹奏。想象这是一种上帝的力量，或神的力量，我们也许能更好地理解这首诗。如果说《万古愁丛书》的线索是从人到现实再穿梭到宇宙时空，那么《芹菜的琴丛书》的线索是从人类到命运再到宗教，它是更普遍、更直接、更孤独的诗。这首诗既可以在里尔克《豹》、弗罗斯特《未选择的路》等西方经典中找到共同的心灵，也可以在我国唐诗中找到高远的和鸣。唐代诗人都擅长从日常生活的场景入手，打破时空的界限，直接把诗情升华为一种共同的境界：要么是人类共同的情感，要么是普遍的真理，要么是宇宙的终极。从这方面讲，臧棣实际上也传承了我国优秀的古典诗歌传统。

在《万古愁丛书》（2010 年）与《芹菜的琴丛书》（2013 年）中间，有一首重要的诗不太被人说起，《在此之前丛书》（2011 年）。这首诗集中了臧棣语言体系中的核心：绝望、宇宙、秘密、时间、神奇，实际上也集中呈现了臧棣的“平行宇宙观”。它分为七个并列又递进的小节，探讨了世界的存在、生活的悖论、心弦之美、梦的意象、现实准则、阴影与时间、神奇的改变。这首诗把“变化”的逻格斯置于时间、空间、情感、意识、记忆以及语言当中，形成由此及彼，由绝对到相对，层层交织变化，环环相扣地影响的“变易哲学”。可以说，这是臧棣诗学中非常重要的观念，这种诗的叙事技艺：日常世界的转换—过滤—变形—跳跃—提升—回溯（神秘或生命），贯穿着他大部分创作当中。

天真的力量

席勒把诗人分为天真的与感伤的两类，他认为，天真的诗人与自然融为一体；他们就像自然——平静而又睿智。他们认为诗就是自然赋予的一个“有机”的印象，是“自然造化”的一部分，诗甚至可能是获得了自然、神或者其他某种力量的启示。在臧棣的诗歌中，除了全局统摄力量、语言力量及某种“神性力量”，还有一种“天真的力量”也不可忽视。对他的创作而言，这种天真常常产生举重若轻的作用。比如，他把严肃语言偶然置入天真的语境，无形地弱化了诗的沉重而变得轻逸，俏皮话、俚语的运用及其趣味性地嫁接等，都是天真的表现。由天真引致的黑色幽默、隐喻、讽刺，有时候比严肃的叙述更有力量，更有诗的魅力。甚至，我认为如果在诗中，看到了“天真”的一面，对臧棣诗歌的理解也将变得更为容易。

如《骑手》这首诗，对现实的讽刺与批判无疑是十分出色的，但我认为它更是一首“天真的诗”。在诗的末尾，“没有黑马，我们依然是骑手 / 甚至连死神都不曾看出那其中的险象，/ 从头到尾，一切颠簸都很正常，/ 而骑着的马，却没有马背。”仔细体会，这实际上是人的现实困境的最深刻的发现。人们以梦之名，自我放逐；在现实的困境中呻吟，却记不住细节；自诩为无所不能的骑手——人们对生活中的危险（可能是来自于意识形态的按摩）习以为常，此时，诗人天真的发现，揶揄了这个“梦”：骑着的马，没有马背，意指人们存在于一个虚无缥缈、并不踏实的骑手之梦当中。在臧棣90年代后期的诗歌创作中，包括大量“丛书”“协会”中的诗歌，天真的表现无处不在，甚至从“丛书”“协会”这两个命名，都是“天真”——臧棣的许多诗歌其实都是童话般的诗歌叙事，都是“天真的诗”。当然，我们也可以称他为“天真的诗人”。

“天真”对于臧棣的重要意义，还在于他的语言与生命的对应。臧棣对日常现实进行转化、过滤，进而提升、跳跃，从语言到生命再到宇宙，如果没有“天真”的力量，将会是非常痛苦的。在日常的“已知”发掘“未知”，从“现实的抽象”到“抽象的现实”的再生产，没有“天真”的力量，也就无法飞起来，日常会变得沉重而呆板。而且在大量持续创作中，没有“天真”的力量，就没有新鲜的语言和蓬勃的生命。可以说，“天真”是臧棣语言的智慧，是他戏剧化的诗歌之翼，是他神秘诗学的基因，是他的文化洞察力，从更高的角度来说，是良知的一部分。

2018.10 修订

朱朱诗歌

/ 朱朱

诗人、艺术策展人、艺术评论家。1969 年生于中国。曾获安高（Anne Kao）诗歌奖，中国当代艺术奖评论奖（CCAA），胡适诗歌奖。著有诗集、散文集、艺术评论集多种，其中包括法文版诗集《青烟》（2004 年，译者 Chantal Chen—Andro），《灰色的狂欢节——2000 年以来的中国当代艺术》（2013 年，广西师范大学出版社“理想国”书系，2016 年台湾典藏出版），英文版诗集《野长城》（2018 年，美国 Phoneme Media 出版社）。

阿特拉斯与共工

我敢肯定他们是同一个，
终生的事业就是和天空打交道，
有时跪立着，肩负
浓缩了宇宙的大铁球；有时，
用头撞击一座山，逼迫星辰四散。
忍耐与宣泄，倾听与嘶吼，
木讷的侍奉与迅疾的复仇，
佝偻的石柱与翱翔的火
——我敢肯定他
在一生中分裂成两个人，
每次行动都扮演敌手，
并非为了逼真他们在梦中也不拥抱，
而是他们从未被告知对方的存在。

读《安娜·卡列尼娜》的女人

月台上，令人心烦的结局和开始
拖着各自的行李，飘过一件黑外套，
安娜的脸正从玻璃上挤进她的脸，

她合着书，等火车奔驰起来，
圣彼得堡也只是身后的一站——
托尔斯泰需要女主角赴死，
并非所有的约会都钉进那截枕木。

她害怕像一只草帽被吹出窗外，
越来越小，一个小白点，边缘悸动着，
固定在某处，草丛或石缝就足以淹没它。

而在火车提供的速度中，风景
就像成群的渥伦斯基，不停地追逐，
它们当中最雄伟的：横跨峡谷的
铁桥，也不过在她的视线里坚持了几秒。

秋郊饮马归来

——怀赵孟頫

群马满足了乡愁，小舞步
合着脖子下的铃铛，载我们
出离画卷。一树丹枫的
焰火镀亮七百年后的苍穹。

慨叹他已臻秋天的成熟，
随后的长冬我们迟缓地再生——
稀薄的天赋，缺少启蒙的
范本，耽于笔耕，却从未指望

有一块守信的土地，看，
不变的惟有眼前的场景：
路口突然拉上戒严的铁栅，
钢盔、枪栓、对讲机填满暮霭。

空白判决书沿街任意抓捕，
此刻，只要能关上门，就算家。
从驶过的囚车里掉出了字：
攀爬着，笔画失散，被霜掩埋。

断章

——醉读贾岛

衣襟盛产凉风，驴背淡出重门。

必须想象自己住在一座空城。
必须半倒的墙，深秋的雨。
必须让朋友们离去以便思念，
莴笋必须瘦成竹子，萤火虫必须老病，
艳遇如果来敲窗，必须推迟到来世。
鄙薄物质到干裂的瓢反过来问他讨水喝，
挖掘内心的井已达砂砾层，哪儿
也不去，惟有丈八的荒茅做邻居，
自责蝉蜕夫的壳还不是空——
不系的帘幔将暮霭扣留在廊檐，
吟唱就是还乡，缩短词与月亮的距离。

霍珀：三间屋

I

一块暗礁内部挖出的屋子，
挖出的石料堆成四周的阴影。
住在附近的人亲切地称它
“午夜的光之岛”，午夜，
当泅泳者经过时，四肢
会被黄蜂般钻出窗户的灯光螫中，
一阵温暖的麻痹，足以导致
终生羁留。不信就问问
那位白头的酒保，他来自
我们每一个人的老家：一座
被浪冲毁的码头，储藏在大脑
但远离了心跳；如今他弓身
在海的最深处，熟知用什么来
填满黎明前成排像伤口咧开的杯子。

II

固执留下了形象，但不够。

岸边的塔或荒野里的大教堂，
智慧的虹已在其中蒸发，徒留
七彩的纹饰。看，这铁道边的屋子
让我想起祖父当年端坐在家中，
要对抗随时会来的地震，
已无人信任古老的屋顶了，却也
没有谁能劝得走他。地震确实没来，
但我们都已爱上路过的新世界
——忍冬花的耳朵探出枕木
测听车轮，一种速度如炉膛的火
一闪，瞬间让它枯干。酷烈的
不再是对抗，是地平线逃往
自己的尽头，让位于面对面的遗忘。

Ⅲ

连大海也可以省略，惟愿光
到最后的一刻依旧在场，它
透视人不过是一场自愿的耗散，
像一团咖啡的热气渴望被风催赶，
很快就剩一层薄薄的黑色残渣；
它透视而不责备，如常地抵达，
顺应门窗既定的方位，如果
一面墙赠予了画布，它就用
整天描绘出你生命的不同时段，
直至傍晚时你们完全叠合，那份
默契远非大海与陆地能够比拟。
看，连故事也可以省略了，只剩
类似固态的那种波动；波动，
不就是全部？我生来从未见过静物。

霍珀：科德角清晨

I

撤退了，夜的森林和鱼雷，
尖顶屋走近了海滩，窗边
晨眺的你一如俯身在船舷，
令我的画架变成升起的潜望镜，
看，一排浪涌进了画布上的空白，
让我忘记你是我的妻子，让你
还原为一个我想诱惑的陌生人。

处在一生中最旺盛的时节——
她有权利期待每一天都是哥伦布
看见的新大陆。她巍峨的乳房
能征服纽约，能赢得一部为她谱写的
交响乐。她的身体里住着一位
年轻的水手，大腿紧绷的曲线上
经常跑过一串他制造的汗珠。

Ⅱ

我是科德角雪后的冬日，沉闷如
暴君，冻结了所有的去路，
废弃的灯塔已变成监狱，
塔松像战败的旗帜插满冰的箭镞，
丘山没入雾，惟有神的吊臂放得进
一束光——那条环岛的黄丝带，
那位举着火炬的马拉松选手。

但在绘画中我热情而耐心，
每一笔饱含奔流、撞击、泻落，
年复一年，从不厌倦重新来过；

我是模仿潮汐往返的奥德修斯，
近在你的额头，远到风沙中
为你内心的飞机场造一个世界尽头，
情欲不过是我最初使用的脚手架。

霍珀：自画像

I

厌倦旧日重来，但恐惧
来日无多，恐惧我身上的
某部分骄傲缺少了体能做支撑，
该经历的都经历过，没什么遗憾，
但我作画时仍是慌乱的朝圣者，
感觉到维米尔、伦勃朗或德加在场，
我反刍老欧洲，在美利坚野蛮的厩栏。

也许我还偷过一点契里柯的光，
但懂得用日常的帷幔遮住
超现实的舞台，朴实有时是
被逼的，我无法优雅如巴尔蒂斯；
忠实于垃圾箱边的街道，陡峭的
屋顶，被凝视而不出现的远方，
我爱黎明的空胜过黄昏的空。

II

我祈祷长留人海的底部，
不要聚光灯和奖项，它们像鱼雷
毁掉过天才，而我的才能窄如
独木筏，毕生仅够负载一件事。
如果有可能，我还想收回
已售出的作品，和说过的每句话，
变成一座尚未存在的岛的草图。

再多给半个世纪，填满我
轮廓的褶皱将会从大西洋浮现，
或许它只有一扇天窗的面积，
这就足够了：在现实
薄成一层纤维、几乎可以透进
风之处，我贪婪地向外望，
而石头始终用它的内部撞击我。

清河县（Ⅱ）（选四）

守灵

他躺在那里，
就像从前的每一天——
他卖完了炊饼回来，
几杯酒落肚，很快就进入梦乡，

而我独坐在灯下，
就像从前的每一天，
在他的呼噜声中，
迟迟地不肯捻灭灯芯；

灯为我上妆，为我
勾勒胸房的每次起伏，
在关闭了梦想的窗户里
灯为我保留被行人看见的机会。

我们早就活在一场相互的谋杀中，
我从前的泪水早就为
守灵而滴落，今夜，

就让我用这盏灯熄灭一段晦暗的记忆，

用哭哑的嗓子欢呼一次新生，
一个新世界的到来——我
这个荡妇，早已在白色的丧服下边，
换好了狂欢的红肚兜。

浣溪沙

I
那群狞视我的背在井边围成圈，
捣衣杵一声声响过了衙役们
手中的棍棒，夹带着阵阵
咒骂和哄笑像鸦雀在我太阳穴筑巢。

当我端着洗衣盆走近，沉寂
汹涌成泥石流而棒杵挥得更卖力，
背和背挤紧，像这条街上
彼此咬啮的屋顶，不容一丝缝隙。

走！畸曲的足趾流出血，
就能将裹脚布踏平成一条路。
走远些，且还要走回来，证明
我完好，并接济她们枯瘪的生活。

II
初春的溪流是千百根
能扎破指尖的针，但这股冷冽
平等于众生，手掌熬过
最初的刺痛，暖意随之升腾。

我洗我虚假的泪痕，洗
不洁的分泌物那亵衣里顽固的

斑斑点点，洗抹布的内脏，
洗遥远的婚裙上积垢的每一年。

我也洗死者的惨叫，和
蛆虫般不散的面粉味，洗
那些洗衣的女人们浓痰般的目光，
无论我洗什么而溪流依然碧青。

Ⅲ

看，树林背后一个闪动的小身影
就是她们派来的密探，他撂下了
卖梨的篮子把窥视当成事业，
把别人的隐私换成掌心的碎银……

我倒宁愿他从说书先生那里
听信了前朝英烈传，然后，被
身边那位打虎的叔叔所激励——
额开六只眼，脚蹬一对风火轮，

将这城中的每桩罪恶翻个底朝天，
但他只不过是个假哪吒，
手中挥舞的缚妖索，怎么看
都像一串油亮的算盘珠子。

Ⅳ

我洗我赤裸时可以将自己
包裹的长发，太多绝对的黑夜
滋养过它；我洗我的影子，
碎成千万段的她很快又聚拢——

我洗那像绽线的袋口朝下的
乳房，袋里装满了沉重的

淀粉，它们渴望溶解在水中，
闪动着金光，甜蜜起整个下游。

我还想洗我心头的那头小兽，
它熬过漫长的冬眠爬出了洞穴，
雪白的皮毛染着猎物的血，
但在旷野里无人问它的原罪。

V

跟我来吧，小密探，到
逆光的山坡上无人看管的
油菜花田里，我让你看这个
熟透的女人每一寸的邪恶。

我将吊桥般躺倒，任凭
你往常慌乱的目光反复践踏，
任凭你锋利的舌头刺戳着
比满篮的梨还要多汁的身子。

灭绝我，要么追随我一直到
夏夜里沸腾了群星的葡萄架，
别夹着遗精的裤裆，沿我轻快、
湿漉漉的脚印，盘算着怎么去邀赏。

寒食

I

我支撑腮帮的手肘在椅背
打一个趔趄，摔破了白日梦——
梦见去年的冬天，我像炭盆般
被你用一把火钳拨弄，焰心

直蹿房梁，将这里变成
一座燃烧的监狱，板壁薄如
发烫的炉灰；望不穿的镜子，
终于从一口枯井被填成了

词，我失手掉落的每个字
你都会当韵殷勤地捡拾，
让我相信女人是一座天然的富矿，
全取决于男人的开采……

II

环绕着一座冷却的灶台，家
只剩下阴影和灰烬；窗外
整日都没有炊烟升起的街道
不过是一处保存得完整的废墟。

为什么会有这样的一部历法？
为纪念一个死者而让所有活着的人
活在阴影里……谁暗中触碰燧石，
谁仿佛就会遭受永生的诅咒。

你不来，茶肆的壶兀立如秃鹫，
酒旗在街角垂悬成送葬的灵幡，
柳絮来自远山未消的积雪，
淡漠的阳光，是锈在弓弩上的箭。

III

你不来，是因为我不能
再提供一个看守般的丈夫，让你
重燃盗火者的激情？城里的
哪一条街道上，又有哪一根晾衣竿

不慎砸向了你的脑袋？你手中的
洒金扇又像孔雀开屏了，兜住
她刹那的慌乱在半空轻轻一转，送还上
一个似笑非笑，随她退避的身影潜入

屋中，至夜，忽闪在灯花中，
引诱她的肩胛骨长出翅膀，
越过一圈锯齿形的痛，
任凭火要了自己的身子！

Ⅳ
来我的身上穷尽所有的女人吧。
我的空虚里应有尽有——
城垣内有多少扇闺阁的门，
我就有多少不同的面孔与表情。

我是光滑的孤儿，唯恐受猥亵。
我是穷裁缝家放荡的女儿。我是
嗜睡的、失眠的、每到黄昏就心悸的
贵妇。我是整日站在门帘下的妓女。

我有母马的臀部，足以碾死
每个不餍足的男人，哦，我是多么
小心地用岩层般的裙褶遮盖这件事——
我是死火山、活火山和休眠火山。

Ⅴ
难道我应该召唤他回来？
那个被火从葬礼上带走的侏儒——
在最后的一瞥中，他萦绕成
一副变形的软手铐，且哀恳

且嘲笑，酷似他弥留于
病榻上的语调：“别赶我走……
你们就是这场火，凶猛过
饿得太久的狼群，转眼

“将我当柴堆吞噬，然后盘桓
在原地，发出满足的嗷叫，彼此
迫不及待地追逐和搂抱，可是
一旦我随风飘散，你们就有熄灭的危险。”

对饮

黄酒浊如今世，越喝越有味，
白酒爽利得紧是一条好汉，而你……
你往回走了吗我的叔叔？
你走得忒慢，当然了，你有一个自携的底座。
当我像早春的苔藓向你亮起媚眼时
你以连串棒喝并伸手一推，
将我送到了另一个男人的怀抱。
你那满身的筋络全是教条而肌肉全是禁区。

我倒很享受那粗暴的一推，
它彻底打翻了我这半盏儿残酒，
蒸腾再无星点回音，我将碎成一地的
自己收拾干净，开始用替身与舞台对接。
让我告诉你一个秘密：我并不爱他，
我爱我被贪婪地注视，被赤裸地需要，
甚至当他的手探进裙底的时候我还想到了你，
但那也不意味着我爱你，我已经不爱任何人了。

水洼里的倒影模仿天空，断了线的珠子
模仿眼泪的形状，我现在的生活
多么不同于我过去的生活……叔叔，

你的道德从不痉挛吗？十根手指
永远攥成一对拳头，除了你认为是人的
其他都是老虎？且让我幼稚地发问：
倘若那天不喝醉你敢在景阳冈上打虎吗？
哦，对不起，我的意思是，至少你需要酒……

和我这淫贱之人喝一杯如何？
高跷我且替你收着，斗笠上的风尘
且让我用腌臜一百倍的手掸净，
你那根始终勃起的哨棒儿，以往的静夜里
我曾经多少次以发烫的面颊紧紧依偎——
春天都已过了而你仍然是一个寒冬的形象，
黄河已经枯干，你还在寻找逆流而上的快感，
六月会因为你不在，就洒落下刺骨的雪？

我醉人的身躯在这里，像一根未来的
显像管，跳闪着七彩的荧光——为什么
当我变得真的像我了，却已经成了凶手？
为什么我像吊桥般升起，全城就窒息在
因为沉默而逐渐糜烂的口腔气味里？
应该找到传说中那种会吃噩梦的貘
也必须找到，否则就太沉重了，譬如现在
酒为我松绑，我却依然无力沿椅背直立——

我就要离开这个家了。未来难料。
窗外，蝉鸣正从盛夏的绿荫里将我汇入
一场瀑布般的大合唱。我就要脱壳了，
我就要从一本书走进另一本书，
我仍然会使用我的原名，且不会
走远，你看，我仅仅是穿过了这面薄薄的墙，
你还有复仇的机会，一直都会有——
叔叔，“杀了我，否则我就是你杀死的。”

当代诗中的“维米尔”（节选）

/ 姜涛

一

精准、微妙，在漫不经心之中，能将词的序列意外震悚，这是朱朱早期诗歌给我的印象。他的诗也和他的人一样，是天生的衣服架子，刚好装得下了一个疏离、飘忽的自我，衬得出现代文艺“衰雅”的风姿。但老实说，这样的写作可以独自深远，却还在现代文艺的基本轨道上，前途未必可观。2000 年前后，他转向叙事诗的写作，对个人而言，这是一个相当成功的战略。那件无形“淬炼的铠甲”，似乎被主动脱下了，内向矜持的自我开始移步室外，走入更广阔的时空，或者说将外部的戳伤、他人的故事，一次次内化为新的写作激情。这首先全面更新了他的语风。

刚才提到，朱朱的抒情短诗在散漫之中，往往能一语中的，但和部分当代诗一样，乐得享受“跳来跳去”的乐趣，语义的跨度大、私密性强，不少句子的妙处，仅有一二圈内友人能懂。但叙事诗，不同于 90 年代以来包含叙事性的诗，它首先要放弃蒙太奇的“红利”，要恢复一种讲故事的技巧，一种可将虚构空间用细节填满的耐心。像《鲁宾逊》这一首，朱朱在访谈中称它好像是对自己的一次施暴，必须硬了头皮，才能一直写下去，但这次“施暴”，无疑是成功的。诗中的“我”，以一位遭遇车祸的艺术家为原型，瘫痪在床，也像一株植物永远种在了床上。“我”的戏剧独白，为什么让朱朱如此着迷，我猜不外乎这种失去全部行动可能的状态，恰好提供了一次完美的、从虚空中创造世界的机会。

这也是鲁宾逊的状态，孤身一人，荒岛余生，同样也面对了一次孤独创世的机会。在我们的印象中，鲁宾逊是一个冒险的旅行者，在求生方面坚忍不拔，但事实上，他还是一个虔诚的清教徒，按照马克斯·韦伯的逻辑，还是一个精于“算计”的资产阶级原型。他的历险开始于不安定的闯荡，而终于理性的设计和秩序，冒险的冲动与现代人的理性，在他这里结合在一起，包含了自我救赎的意味。对于诗中的“我”而言，虚空中的画板，正像海中的小岛，等待一个禁欲的冒险者，将秩序、理性和主权，赋予在它全部的荒凉之上，病床上不能动弹的“我”，也由此获得另一种行动的可能：

> 先是染红那个用以调试输液速度的小塑料包，
> 然后像一个作战图上的红箭头往上，
> 喷向倒挂在那个顶端的
> 大药液瓶中，
> 小花一样在水中绽开，
> 或者像章鱼施放的烟雾，
> 原子弹爆炸。
> 我被自己的能量迷住了

输液时，一滴血倒流入输液管。“我”在虚空中屏息，凝神，观察这一滴血的旅行，专注于想象。在这里，面具已被摘下，独白的“鲁宾逊”就是诗人自己，他要将自己放逐到一个空的故事原型中，然后凭借意志和想象力，赋予这个故事全部的细节和层次。显然，面对语言“核爆”后的现场，他也“被自己的能量迷住了”。

鲁宾逊在荒岛上，建筑，栽种，制作，捕获野人，并将其教化；诗人或艺术家，布局谋篇，在虚空中运斤，两种可平行比较的行为，都暗示了一种现代理性的强大规划。当代诗人普遍信奉的机会主义原则，喜欢在跳来跳去中享受语言即兴的活力，朱朱转向“叙事”，至少在个人脉络中，无意中矫正了现代文艺对任性美学、对“蒙太奇”的过度依赖。正如鲁宾逊“不安定”的冒险精神，内在结合了清教的禁欲理性，在朱朱的身体里，那个看似神经质的“内在之我”，其实具有极强的拓殖能力、构造能力。特别是在一些篇幅稍长的叙事诗中，我们能感受到，对于刻画经验、场景的完整性，他有一种近乎偏执的爱好，他的想象力因而也具有一种强烈的视觉性。

《青烟》一诗，据诗人自己介绍，灵感得自“一幅旧上海永春和烟草公司的广告画”，它的构思和佩索阿的《视觉性情人》也有一定关联。某种意义上，要感受朱朱的视觉性想象力，这一首应该是首选。

清澈的刘海；
发髻盘卷，
一个标准的小妇人。
她那张椭圆的脸，像一只提前
报答了气候的水蜜桃。

开头这一节，朱朱像在用文字绣像，既精雕细刻，又能烘云托月，诗中的那个画师，或许是写作者自己的投影。但《青烟》的构造，与其说像一幅油画，不如说具有一种动态的电影感，沿了模特的视线，朱朱用文字虚拟了一个镜头的游走、推转，从室内到室外，由此时此地，腾挪到多个时空，模特背后的沪上风景，以及广阔、多层次的生活世界，被徐徐展示出来。无疑，这首诗包含了对视觉形象的深深迷恋，画家（诗人）爱上了自己的“视觉性情人”，但他的视觉想象力不只追逐、簇拥了情人的形象，更是分析性、间离性的，在完整呈现一次观看过程的同时，也暴露了视觉消费的暴力性，质询了那个青花“模壳”的生成。当摄影师（嫖客）“把粗壮奇长的镜头伸出”，“她顺势给他一个微笑，甜甜的”。这个“微笑”很职业，对于这首诗的读者而言，同样构成了一种挑衅。

在《视觉性情人》中，佩索阿说对他而言，“唯一的博物馆就是生活的全部，那里的图画总是绝对精确，任何不精确的存在者都归因于旁观者的自身缺陷”。这样的说法，用在朱朱身上，其实大致不差，换句话说，他的视觉想象力，更多与客观性、精确性相关，在语言中呈现一个个形象，也就是完美心智的一次次显现。这也让我想到了 17 世纪荷兰画家维米尔，朱朱不止一次提到他对维米尔的偏爱。

在绘画及视觉艺术方面，我完全是个外行，刚好对于维米尔，还有一点直观的认识。作为一位风俗画家，维米尔画的多是市井生活，场景也多为室内，在画幅左侧，他往往会安排一扇窗户，让外部的光线洒入，带来一种光影错落的层次性和纵深感。《地理学家》也如是构图：身披长袍的地理学者，目光投向窗外，好像陷入片刻的冥想；窗外的光线，则反过来勾勒出学者的工作现场，窗帘、桌布、翻动的图纸、手中的圆规，以及墙上的地图、地球仪。此后，翻阅一些相关文献，我也大致知道了17世纪，正是“地理大发现”的时代，全球航路的扩张与天文学的发展，提供了全新的世界性感受，维米尔画中经常出现地图、地球仪，就反映了当时城市中的生活习尚。对于荷兰人而言，地图本身就可以作为世态风景画，挂在卧室里欣赏，体现了主人的良好教养。这意味着，在维米尔的时代，天文、航海、地理学、光线与艺术，还不是近代以来彼此分化的领域，而是共同指向对世界内在秩序的发现。赋予维米尔画面以深度和秩序的光线，并不是来自天堂，而是来自一种内在的笃定，来自天文学、透视技术、航海大发现所带来的主体自信。

对于维米尔，朱朱情有独钟，他的诗细节饱满，内部深邃，也有一种在窗前手抚万物的沉静。一首《地理教师》，还颇有几分大航海时代的理趣：

一只粘着胶带的旧地球仪
随着她的指尖慢慢转动，
她讲授维苏威火山和马里亚纳海沟，
低气压和热带雨林气候，冷暖锋
……

这首诗写少年人身体的觉醒，主题无甚稀奇，但“随着她的指尖”转动，火山、海沟、好望角、冷暖锋……朱朱娴熟驾驭地理学、气象学的语汇，来绘制一幅身体和经验的地图，性的启蒙也被隐喻为对海洋、陆地和季候的发现。或许可以说，朱朱的视觉想象力，并未一味乞灵于奇迹的瞬间，而是发生在有关世界的确定知识、信念之中，吻合于透视原则和事物的连贯性。正如维米尔画中那些阴影、褶皱、幽暗的地图、不可言喻的微妙，来自一束稳定心智投射出的光线。

二

《清河县》大概是朱朱最重要的作品，也为他赢得了极大的声誉。这一组“故事新编”，同样具有强烈的视觉性，在潮湿的雨雾中，不断勾画人体的轮廓，流动的目光，那些动作、阴影和质感，逗引出无边的诱惑与暗示。为了“诱敌深入”，朱朱也更多考虑到读者，不仅在第一首《郓哥，快跑》中，让我们随了郓哥的奔跑，踉跄跌入“一长串镜头的闪回”中，也非常注意布光的效果。必要的时候，他甚至亲自提上一盏灯，让一束光照向身体的局部：

—— 可以猜想她那踮起的脚有多美丽——
应该有一盏为它而下垂到膝弯的灯。

这束光，好像在维米尔的画中出现过，却也有一种宫体诗的不厌其烦和恰到好处，时间的裙子被掀开了，我们作为读者，也作为“偷窥者”，被指引了观看历史的私密之美、隐微部分的曲线。

将历史情色化，处处着眼其阴影、褶皱，这种“稗史”式的眼光，在当代诗中并不意外，稍不留神，也会落入轻巧、流俗的趣味之中。在《清河县》中，朱朱有意挑起一盏灯，让读者窥见历史幽微的曲线、裂口，但这组诗最了不起的地方，还是一种维米尔式的专注和笃定，一种赋予结构的热忱。单是《洗窗》这一首，就足以令人目眩：

一把椅子在这里支撑她，
一个力，一个贯穿于她身体的力
从她踮起的脚尖向上传送着，
它本该是绷直的线却在膝弯和腹股沟
绕成了涡纹，身体对力说
你是一个魔术师喜欢表演给观众看的空结，
而力说你才是呢。她拿着布
一阵风将她的裙子吹得鼓胀起来，腹部透明起来就像鳍。
现在力和身体停止了争吵它们在合作。
这是一把旧椅子用锈铁丝缠着，
现在她的身体往下支撑它的空虚，
它受压而迅速地聚拢，好像全城的人一起用力往上顶。

站在椅子上的潘金莲，巍巍然如一位凌空的女神，被全城人的眼光，也被“我们”（读者）的眼光向上顶起；而一个力量又倾泻下来，在与身体的抗衡、对话中，形成了一个复杂的平衡系统，绷紧的直线之外，还有曲折与凹陷处的涡线。如果把这张图画出来的话，应该完全符合力学的原则。我们能想象，朱朱像一个画师，更像一个工程师，倾身于视觉的想象，绘制了这样一个镂空的人体、一个摇摇欲坠的结构。“我们”也在他的引领下，参与了“洗窗”的游戏，感受危情的一刻。

《洗窗》中重力与身体的争吵、合作，隐喻了“欲望”与“观看”之间的关系网络，同时也像一种分光镜，折射出了诗人思辨的光谱。朱朱似乎要用某种心理学的框架，试图给出一种人类生活、文明的阐释。如果说潘金莲作为一种幻视对象，寄托了集体性的欲望，王婆作为她的晚年映像，则蠕动于整个结构的最底部，吸纳了欲望解体后的剩余物：“朵朵白云被你一口吸进去，/就像畜生腔肠里在蠕动的粪便”。有批评者提醒，不要以为朱朱也在操弄国民性批判一类话题，“王婆”作为一个原型，更多是一个构造幻象的语言动机、一个丰盈的伦理剧场。这样的判断吻合于当代诗歌的“行话”，但在我的阅读感受中，朱朱还是一个相当较真的写者，不完全耽于语词的享乐。他挑起一盏灯，照进清河县的深处，灯火洒落处，巨细靡遗，他要指点给我们看文明隐秘的构造。

近年来，当代中国的强力诗人，纷纷转向历史题材的书写，间或穿插了民国的、晚清的、晚明的、六朝的符号和情调，这几近一种潮流。朱朱的叙事诗，多从历史人物和文学典籍中取材，如《清河县》《青烟》《多伦路》《海岛》《江南共和国》等，似乎随喜式地参与其中。深细来看，他的“故事新编”有特别的路径，又不完全在潮流之中，并不必然表现为对历史身体的随意撩拨、抚弄。由于在特定议题上反复纠结、倾心，不断尝试建立模型，不同于历史“个人化”之后的琐碎自晦，他的诗反而有了一种“解构”之后“再结构”的活力。《清河县》之外，《江南共和国——柳如是墓前》也是令人瞩目的一首。

甲申年五月，清兵南下之时，江南的传奇女子柳如是，曾应兵部尚书阮大铖之邀巡视江防，以激励士兵守城的意志。朱朱的诗取材于这个传说，结合相关史料，让柳如是“盛装”出场：朱红色的大氅、羊毛翻领、皮质斗笠、纯黑的马和鞍，“将自己打扮成了一个典故”。作为“集美貌才智”及刚烈品格于一身的奇女子，晚年的陈寅恪为柳如是做传，意在“表彰我民族独立之精神，自由之思想”；同样，在柳如是身上，朱朱也寄托了很多，她不仅是“江南共和国”的精神代言，而且又一次凝聚了写作者的激情：

薄暮我回家，在剔亮的灯芯下，
我以那些纤微巧妙的词语，
就像以建筑物的倒影在水上
重建一座文明的七宝楼台，

用文字造境，构筑“七宝楼台”，也就是进一步为文明赋形，“江南共和国”确实可以看作是一座写作模型中的“幻觉之城”。在论及当代诗中存在的某种“江南 style”时，在上面提到的文章中，秦晓宇认为“所谓‘江南范式’，我理解，是不那么‘朝向实事本身’的”，“那些词与物的光影、流年、情绪，全都是审美意义上的旧物”，写作因而显现为“一种呵护与调情般的互文”。他的话讲得漂亮，说破了“江南”的文本性、符号性，朱朱这首《江南共和国》也出色地体现了“调情般的互文”，在静与动、明与暗、柔媚与刚健之间，实现了一种动态的平衡。然而，它果真缺乏“朝向事实本身”的努力吗，这倒是可以讨论的一个问题。

显然，对于自己处理的主题，朱朱在知识上、感性经验上，有相当的把握：“南京是一件易燃品，所有设立在这里的王朝都很短暂，战火与毁灭性的打击接踵而来。‘失败’正可以说是这座城市的城徽。”朱朱曾这样谈论自己生活的城市，也道破了南京的历史特殊性。作为六朝古都，南京据守长江天堑，虎踞龙盘，有帝王之气，但自东晋南迁以来，又一次次成为北方铁骑南下袭扰、征服的前沿。建都于此的王朝（政权），不仅都很短暂，且无人能统一北方，如近代的洪秀全、孙中山、蒋介石。中国历史上的统一，“成事者皆以西北伐东南”，这也包括 20 世纪的中国革命。从历史的长时段看，南北之间、游牧社会与农耕社会之间、北方的粗朴豪放与南方的绚丽奢靡之间，通过贸易、征战、掠夺和融汇，形成了一种相互冲突又依存的动态结构，如何将南北的张力纳入统一的文化政治构架，使北方免于匮乏，南方免于战乱，是中国历史内部的一种结构性难题，长江之水也犹如一根绷得紧紧的琴弦，一次次的战火，都仿佛内在焦灼的一次次释放，一次次文明的毁灭与重造。

朱朱擅长书写微妙的女性经验，这一次他“积习难改”，仍用女性的身体来比拟一座城市的命运，在压抑与快感、守城与破城、文明的糜烂与“外来重重的一戳的暴力”之间，不断进行“猝然”的翻转。这一系列的辩证把玩，看似在身体与欲望的层面展开，事实上恰恰挑动了南北之间的结构性张力，尤其是“有一种深邃无法被征服，它就像 / 一种阴道，反过来吞噬最为强悍的男人”一句，带有一种可怕的肉感的吞噬力。当代诗的历史书写，往往会以“音势”的甜美、细节上的堆砌与转化，取消特定的社会政治内涵，或将“正史”的硬壳溶解，开掘“稗史”的妩媚、幽暗。在这方面，朱朱无疑是行家里手，但他的写作之所以脱颖而出，不为潮流所淹没，不仅因为在风格上造就“‘江南’和它的反动”，同时也在于虚实相济的能力，以隐喻的方式把握“事实本身”的动态结构，强力拨响了历史内部的琴弦，敞开了她的纵深和螺旋线，这是需要特别注意到的一点。

《泸西城子村》

曹悦

布面油画

60 × 70cm

2014 年

终极之旅

——献给谢阁兰的长诗

/ 程抱一　作
/ 胥　弋　译

在生命之路的尽头，我们进入
晦暗的林中。我们沿着
迂回曲折、波光粼粼的河流行进，
到处充斥着花岗岩的礁石
浑圆而又光亮。
前进的步伐将我们引至诱惑之地，
在河的对岸，深入凸起的峭壁
一道轰鸣千载的山泉泻下
漩涡，隐蔽，深渊。
更远处，在下游，河水陡然坠落，
形成一道激流，气势磅礴，
让我们倦怠的身体晕眩，迫使我们
止步歇息。我们在河岸上坐下。
一种难以名状的孤寂围绕着我们，
在汩汩流水的环境中，惟有
一只胡蜂，不时地袭扰这一切……
我们是否如此沉醉于长久的驻足，
在此继续品尝甜美的食物
灌下一亩的饮品呢？ 最后的时刻

到了，它刻不容缓地将我们交付
命运的审判？
我们义无反顾地穿越河流浅滩；
攀上对岸令人惬意的山头
有如母亲乳房。
一条隐蔽且安全的小径，将我们带到
山顶。噢，我们对那些削过伐过
带尖的石头，对其锋利是否足够小心？
瞧，脚踝上一个明显的伤口
让我们流血了。一个意外的伤口？
完全出人意料？如果不是我们
其他的人会说么？我们往往懂得
从这中间获取意义，感恩于
这流淌的血，最后一次，它让我们
再次与大地结合。

古老的山丘。
我们在它的峰顶，高悬于漩涡之上
赋予瀑布超越时间的歌唱。
大地的正午。在季节的高处，
暴风雨来临前的一缕阳光穿透枝叶
高耸的楞树守护着方形的腐殖土地
上面长满苔藓，被荆棘环绕着。
这里是痛苦的床榻，这里是
舒适的床榻。我们沉湎其中，
公平的正午注定以它的仁慈
覆盖我们。恰在此时
我们想起古老的言语：“我将洒下
我的血，犹如羊皮袋里的酒一样；
一个微笑，朝我俯下身来。”
从这一刻起，不再有任何声音
从我们肉体的喉咙中发出来，

之后将会听到的，将归于平静？
来自灵魂的声音……
噢，无法安宁的灵魂！难以遏制的
欲望！当一切终结时，一切才
刚刚开始。这是我们所知晓的，
是的，我们深知，再也无可否认，
这谜一般的生命，曾经被活过；
再无可否认，这活过的生命
将永无休止地被重新体验：
青草的芬芳，昆虫的蜂鸣，
看不见的黄鹂，在上方，以叫声
回应瀑布，再度倾诉所有的乡愁，
它源自我们漫长等待的季节，
短暂的爱的夏天。

一切肇始于那间陶瓷的居室中
充满呼喊的尖叫：内在的漩涡
其虔诚、狂热堪与外部的辽阔
相媲美。白皙的优雅是唯一
令人心醉神迷的么？多少别处的优雅
展示了它化外之地的魅力！
海浪尖峰上的晨曦，起伏山峦的晨曦，
在那里，野雁在徐徐烟雾中自由翱翔。
饥饿加重了饥饿，焦渴
鼓噪着焦渴，穷尽一生
走遍这充满多异性的奇幻星球。
毫无疑问，最终所有的旅者
都会承认：多异性不只是让人悦目，
它会令人迷失方向：探寻潜藏的麒麟，
挖掘内心的幽谷。在天命
布下的陷阱里，穷尽一生
在爱的挣扎中！终极一生

在死亡的拷问中！

何以忘却那些黄土腹地的古道
沿途，提供精确告谕的守护神
车辙深陷，为野蛮的骑兵和驮运者所致
大胆的骡马车队快步行进
不堪人类的重负。远古的淤泥
使粮食成为显赫之物，雀跃的水稻
陶醉于蟾蜍的鼓噪声，高处的庙堂
坐落于风的拱形支柱背面，冰冷的山口
在星星的光亮中重获温暖……
是谁从未让我们疗愈，在破晓的薄雾
和牛粪的气息中？在夜晚宝石的光芒
和八哥的鸣叫声中？在狩猎的野味
和采摘的野果都不能消解的饥饿中？
在满布杜鹃和罂粟的山谷里，骤歇
的大雨都无法遏止的饥渴中？

幻象或者奇迹？远处，一道飞瀑
笔直的线条勾勒出迎接的
姿态，朝着旅者的方向，卸却
我们的疲惫、污垢。
我们接受了邀请。当猛烈的水花溅
在皮肤上，给我们无法计数的恩赐。
作为回应，我们兴奋和感恩的身体
扩散着凉爽的喜悦，膨胀着
新鲜血液的喧哗空间。诚然，
一次意外的感悟足以让生命
获得新生。蓦然，我们竟然奢望
情人无法言喻的抵达。于是，
她出现在蓝色和绿色之间，
绚烂夺目，完美绝伦，似乎期待

已久，仿佛她原来就在那里，
不可能的少女来自于不可能的
世界早晨。但是一切都是真实的！
神奇的意外之举，生命据此彰显
绝非“亏欠”而是“馈赠”。所有
馈赠的生命都值得敬畏。应该羞愧，
我们曾经如此放肆地谈论
无名的烈士，传教士的遗体，
其命运过早地夭折！“光荣的躯体”
曾经遭受令人发指的摧残
不可饶恕的罪行，难道终成一场空？
我们是否在一瞬间试图去体验
他难以承受的痛苦，去分享他不可言说的
孤独，他如此地远离故土，是
又一位自我“放逐者”？

他者的土地，我们的土地。
我们是否汲尽了她的甘露，耗尽
她的宝藏？如今我们能够将其
全部摧毁？我们是否探究过
她深不可测的憧憬？我们的愿望
是否符合她的愿望？她的记忆
也包含着我们的？我们不在时，
她才会想起我们么？她的幻想
是根据我们的尺度来估量的？
她的命运，在亿万星辰之间，
会囿于我们自身的毁灭么？
她为我们保持着昼夜的更替么？
她为我们界定了季节的轮回么？
她有怎样的承诺，是我们所
不曾知晓的么？是我们遗忘的？
我们是否过于妄想，自诩为

她睁开的眼，她驿动的心呢！
有时，一道原初的光唤醒我们
唤起至福满溢的忘年影像，
它曾在某处存留过？

诚然，假如我们四处游荡，只是
为了寻找失去的乐土，我们承认
流浪终将变成我们自身的命运，
诚然，灵魂滋生，却在永久的
迁移中；歌声响起，却在
永恒的嬗变中。道路的行进中，
一切总是出发，而所有的出发
又是临时的居所。
在这里，我们经过，尔后驻足，
我们驻足，之后经过。假如驻足，
是为了一次又一次地倾听
那轰鸣的瀑布，为了让清泉
不白白地流逝，
假如经过，是为了给那些
终将来临的一切留出间隙
为了迎风破浪，向其传递
惟一的通行口令。

（选自《此向彼：与谢阁兰在中国旅行》，程抱一著，2008年）

野马

/ 商震

锯木头

一整夜我都在锯木头
气喘吁吁地锯
一把笨拙的铁锯
一根粗壮却失去水分的木头
木头并没有被锯断
我就醒了
满身大汗

我拍着脑袋想
这根木头是什么
我为什么要锯断它
是我走过的路
蹚过的河
爱过的人
还是用过的词

如果是这些

我还要回到梦里
继续锯

野马

一阵风吹来
一群野马在狂奔
我手中没有
驾驭风的鞭子
不能改变风吹的方向

大风经过我的身体
吹向另一个人
直至走远了
马蹄声还在我的耳边

这是谁的夜晚

临睡前
我看看窗外
天和地被大雾裹了起来

我确信星星月亮都在
只是落在了别人的床前
我收回视线
再看自己
也飘在蒙蒙的雾里

今夜
看不到星星
我只能飘浮在自己的
窗口

在公海看到了鱼

坐一艘游轮去公海
很兴奋
觉得终于可以
翱翔在一望无际里

船行两小时后
才明白
坐在船上和装在笼子里
一样

一侧甲板有一些骚动
有人喊：鱼！
我也凑过去看

离船不远的海面
泛起温和的浪
我没看见鱼
只看到了自由的波纹

狮子岩

导游说
那块石头长得像狮子
所以命名为狮子岩

我相信有长成石头一样的狮子
也相信狮子会变成石头
就是不相信高傲的狮子
会允许这么多游人对它指指点点

我从狮子岩下走过
仔细地看了看这块石头
哦，像！真像！
真像一只被煮熟又风干了的兔子

西安有雨

走出机场
秋雨就来了
隔着密密匝匝的雨
我看到了阴沉沉的西安
看着看着
就想起了当年的长安

突然觉得自己矫情
西安就是西安
西安的雨落不到长安

我在西安是个过客
长安是历史的过客

长安一定下过这种雨
也有同样阴沉的天
但我看不到
即使猜测西安的雨
和长安的雨一样
也是自欺欺人的虚妄

不是雨搅乱了我的睡眠

凌晨两点半

雨还在不慌不忙地下
路上不时有汽车
急匆匆像漏网的鱼

今夜气压很低
我有些缺氧
把脑袋伸出窗外
深深地吸气
许多雨水
也被我吸进身体里

我的体重在增加
甚至比这个雨夜还沉

今夜熟睡的人
都是幸福的
我能和雨夜较量一下体重
也是骄傲的

脆想录（节选）

1
一片枯叶
在半空中飘啊飘
难道它在做
蝴蝶的梦？

2
露出海面的那块礁石
风浪用多种方式击打
它就是不动声色

3
东海岸和西海岸
终生见不到面
可水底下的土地
是连在一起的
多像一场隐秘的爱情

4
古老的月亮有清新的光
新鲜的鸟鸣有千年的回响
我一直在找这两种事物的缝隙
一个能够容我藏身的地方

10
花儿都绚烂了
春风还不依不饶地吹
而花丛中的一块石头
并不为之所动

18
不能穿的衣服
是一块破布
离开杀伐的刀
不如废铁

27
头发白了我还是我
不敢喝酒了我还是我
不问人间世事了我还是我
不再爱了
我会是另一个我

33
我从来不敢
轻视饥饿
因为一切生命
生来就是饥饿的

36
我焦急地走，
要去一个陌生的地方。
可走的每一条路都很熟悉，
哦，我迷路了！

40
候鸟过冬的地方
是雪花怎么也飞不到的地方
你居住的地方
有候鸟还有我的思念

41
指甲不到一定的长度
我会忽略它的存在
你和我吵嘴
我才想起了爱情

45
我伏在你的诗集上
只冥想不翻开
像轻轻伏在琴上
怕惊醒心底的乐音

46
一根琴弦突然断了
决绝的声音会植入内心
即使换上了新弦
断裂的波晕也在耳鼓里缠绕

49
一场激烈的冲突结束了
空气平和得像真理
而另一场更激烈的冲突在酝酿
也是真理

55
我一直收藏着
你清水一样明媚的笑
多少年过去了
明媚已经是珍贵的文物

56
不想让你发现我和月亮对话
也不想惊动你那里的月亮
可是我一张嘴
你就在月亮里出现了

57
深冬的夜里传来一声鸟叫
如果是受到了惊吓
它叫得比我晚了很多
如果是为了迎春又太早

59
每天读书写诗

我要寻找什么
是世界中的我
还是我的世界

62
夕阳不断地
把我的影子拉长
又细又长像一条鞭子
最后我把夕阳赶出地平线

65
雪把大地覆盖了
像天与地又完成了一次诀别
世界不会有新的疼痛
只有麻雀的饥饿略显新鲜

69
这沉闷的冬夜
是一面闲置的皮鼓
如果没人把它擂响
我就会看到活着的死亡

（选自《扬子江》诗刊 2018 年第 5 期）

庭屹的诗

/ 庭屹

冬日语迟

他们是医生，有人没治好自己的病，
有人结绳自行了断。记忆分明是一把
久远锃亮的上好铜锁，死死锁住那里。
因此始终停留在正午，仿佛他们不过
才刚刚抬起一只脚，一生就已摔倒在槛内。
沉默雪景中，我知道我必须爱上、习惯
晚枫磁带叶片里自己突兀的声音：松果般
掉落在地，轻砸出跳跃的等待风吹和落雪的
下一串隐晦雪痕。而心尖尖倒生芒刺，
抗拒被鼓膜震撼，穿透。这里，看上去是
多么一成不变呵，我知道我必须爱镜子中
向来陌生的容颜，爱昨天对立的影子
细到每一道细纹沟壑般簇新的良夜。

从镜子中走开

镜中人，从镜子中走开，像从冰凌山
移走越来越凉的热气。镜中，嘴向来
不曾停止过说话？现在只需懊悔说得过多，

且完全有必要惊异于灾难的河流。那么，
移走眼睛时，有必要在汉白玉垒砌的
锐齿间，唤出一只惴惴不安的警惕孔雀。

镜中，眼睛退出丘壑。嘴退出一生的
热切表达。眉退出欢欣和诉苦。呼吸退出
霾的假借。颅脑以柳枝的抒情退出确定。

镜中人，从镜子中走开。

镜中，眼睛退出丘壑，嘴退出一生的
热切表达，眉退出欢欣和诉苦。呼吸退出
霾的假借。颅脑以柳枝的抒情退出确定。

且完全有必要惊异于灾难的河流。那么，
移走眼睛时，有必要在汉白玉雕砌的
锐齿间，唤出一只惴惴不安的警惕孔雀。

镜中人，从镜子中走开，像从冰凌山
移走越来越凉的热气。镜中嘴，向来
不曾停止过说话？现在只需懊悔说得过多。

永夜，流星划出璀璨深情

明媚又迷糊，我们便是这样
活在一说就错的有生警醒中。
——自题

有没有想过，基于对天空和
星星的误断，我们执着于正确的，
每一步看上去都毫无纰漏，一切
囊括在方程式沾沾自喜的解析之中。

永夜，流星划弄璀璨深情，也是举头
可触困境。青门瓜、北山薇，哪一种姿态
都欠周全，人人分心岔道插柳。焦头烂额。
不管如何躬身谦卑，阡陌总归令人踌躇。

而月色冷峻，说是别有见解，嗖嗖几下
从陡峭山岭翻身下来：闲时桂花落，愁结
锦鲤白。哪怕每一步骤都死死盯着又如何？
他山陡然石落，何来春江勇气，演算东流！

惊蛰，能指望被什么唤醒？

蛰虫般曲身尘霾。又是三月了，能
指望被什么唤醒？轻雷或遭风响亮
扇过的一记雨点吗？春捂一成腐坏
更深一层。要跟风，就应潇潇洒洒

显露冰凉脚踝，疾走。转入车流即景：
一只过街老鼠抱住双黄线钢铁护栏，
比我们谨慎，要慢。为每一个清晨计，

我们不是不可能随时陷入这样的路口。

而出于柳丝般极细密小心思，谁都不愿
自家车屁股后面冒烟烟，将司空见惯的
几千年尾随而至的恶碾压。于是拎着
四个车轮漂移，像拎着善的笔挺华服。

在圣陶沙

“（诗）歌，说到底是重构的时间。”
——摘录

这时太阳热辣辣地探向脸庞。亲近，
像是要细细烘干昨夜整条星河的溃退。

海滩上，碎的沙金已全部陷落入沙哑。
风卷动，绕指晦暗海藻，铆劲索要喉嗓。

谁体内潜藏银针，就实在有必要交出
必要修辞。流浪歌手唱起人群不懂的心事：

岸，一经辨认便是穷途。有谁会知，有谁
想纵身为鱼？而这时海船归航如同沉默黑鲸。

（选自《草堂》2018年10月号）

泉声的诗

/ 泉声

老猎人

那大概是个下午，他已经去世
我无法打探仔细，尽管我们原先是邻居
我仿佛看见那个山坡
不大，就在埋着唐朝诗人元结的青条岭
我看到，摇摆不定的黄背草
圪针和茅草
我甚至闻到，荆条棵的味道
栎树林就在不远的地方
像是飞播的那种。他先是扛着老笨炮
踩着种过花生的地边儿，细碎的
麻骨石土埂上，向正北的方向走
到了一棵老柿树边，再下到低一档的
收割后的黄豆地
开始提着枪。一只野兔
跑出斑茅丛，跑向山坡下的堰滩里
他半蹲。瞄准
砰！不知打中了哪里？
明显的，它奔跑的速度慢了许多
他冲过去，近了，30 米，

20 米。他从半坡到了沟底
到了脚脖儿深浅的小麦地
看着那只野兔子，艰难地爬上
一个半新不旧的小土坟
坟上的草，可能被烧纸的人拉过荒
它站在了顶端，突然
转过身，像人一样直立
环抱前爪，向老猎人作揖
（我见过小狗向人作揖，但没见过野兔。
当我从我父亲那里听到，是老猎人
亲口给他说时，我信了。）
他蹲下，不！
是从容地趴在幼嫩的麦苗上
砰！应声倒下的兔子。我想
是缓慢地，耷拉下了双臂
三天后，他又一次扛着他的老笨炮
还是在青条岭，只不过是岭西
还是个下午，但那天阴得重
几乎没有风，整个田野很安静
他在打一只野鸡时，枪走了斜火
崩掉一颗门牙，接着是他的上颚

一个有风的上午

在冬季，这天气还算不错
一边晒着太阳，一边看
叶芝的文章。窗子不时撞击
哐当当，哐当当。说明我不专心
但也记住了，他活到七十三
与孔子一样。用十五年追毛特 · 冈
和她的养女，直到五十二岁
哐当当，哐当当

当他写道：“如今的厌倦疲乏
是我们悲哀的灵魂”
在遥远的东方，他影响了九叶派
也影响着这个时代的诗人们
哐当当，哐当当。希尼说
“他总是满怀激情地撞击着物质世界的壁垒
以求在另一侧叩询出一个答案。”
哐当当，哐当当
鸡鸣在寒风中听不出一丝颤动
我看到，二十四小时后
他的同乡乔伊斯摆放花圈的手有些抖
那寥寥数人和他夫人
多年以后，是否也在驱逐舰上
哐当当，哐当当。袁可嘉没写
我看了看墙表，上面有反射的光

站在暮色中的阳台

在清真寺的晚祷声中
你看着暮色里的后墙，也看了会儿窗玻璃
它上面的云。一群下山羊
拥挤着，前天下午，在鲁山坡南麓
你躲到路肩上，让它们过去
山脚下，沙河渡槽
流着江南水，如同接受再教育
拖长了的祷词，仿佛有着西域的味道
只是凭音调联想。这首小诗
会是什么样子？楼下院里那棵椿树
叶子晃动，似划龙舟
很快就会结冰。不能调节季节的百叶窗
半开着，圆形的剪纸已旧
有灯光的厨房里，一位胖妇洗着萝卜

你一直想去的菜园
总是被栅栏拦住。再瞅一眼西山
过栎树岭以后，你曾扭回头
看走过的路，像一道伤疤，也像某种艺术
隐藏，暴露，随意地活着

回眸

我在上午的阳光里
想些昨夜的事。也许是去年
我在弯路上行走，有一会儿还是在卵石间
天空并不晴朗
我遇到一个人，漫步在风中
也像是水里
穿着皮肤般的衣服
之后我认为，他是另一个人思绪的具体
如同那些脱胎于
诗句的诗句，只要更加准确地优秀于他
没什么不可以
等我站在一处稍微高些的地方
去看一个村庄
在黎明没有到来之前
我看到的事物似乎格外清晰
充满暖意
我惊讶村庄的简陋和他旺盛的延续能力
我把思维局限到
有榆树的院子里
一个四散的点
你确实难以把控更长的线在哪里

即将结束的下午

——读希尼《不倦的蹄音：西尔维娅·普拉斯》

在即将结束的
下午，我拿起一支水笔
在他未死之前已经画过的直线上
“这完美的控制，像滑雪者的控制
避开每一处致命的险境直到最后的跌落”
再画出一道波纹
他已经去世，这是他引用
洛威尔的一句话
评论普拉斯的诗。这时
一只麻雀的叫，点缀在锯木声里
从拉开的一尺多宽的窗外过来
我不打算听下去，我专注于
“一组意象如听命于一个心血来潮
而又不可忽视的命令一样地
涌现出来，开始活动”
楼上五岁左右的孩子，不知整天扔些什么
这次，是一个球状的
弹性很棒的玩具吧？渐弱
渐弱。“它们代表了达到极限的意象派写作方式
即庞德所称的在同一时刻表达感情
与理智的错综”，情感与理智
在同一时刻。字迹突然暗了一下
凉风吹来，女人在楼下呼唤
久未应答，便连声咒骂
“其变形的速度和隐喻的热切
由自身联合力量的逻辑而激发……”
够了，我听到有人说，这么多够了
尝一尝就行。光线又暗了些

腊月十三去柳河遇雪

从明月家出来
雪，下得更大了
一只黑狗跟到村外，不再上坡
十多个人，顺着地边
踩着枯草与雪，去往他家老坟
“雪，落在雪上。”
一个中年妇女，点着了一堆玉米秆
草木灰伴着雪，飘过我们头顶
路过时，火势正猛
山，几乎看不清面目
雾色的树林间，一条小路
如一匹散开的白布
走过荒地，斜进麦田
在他父亲的坟前，他们姊妹
上香，烧纸
别的人或蹲或站
“三年了！”有人感叹
“才七十出头，走得太早。”
“是呀，该享清福了
你，却走了。”
除了附和的人，大多沉默不语
没有痛哭，也没有太多悲伤
只见他们姐妹，眼睛红着
也许昨天已来此哭过
我仰脸看到，雪花和纸灰一同飘落
落在柏树上、麦田里
相邻的荒地
落在祭奠仪式的凝重上
而栎树林外

仿佛那里的雪，飞得更急
也显得更密和更白
这时，明月点燃的礼花
腾起了几股彩色的烟雾

拽犁

铁豌豆地
的边缘，几个掘墓人
在柏树的浓荫里，一边干活
一边说笑。我知道
他们是花钱雇来的
外乡人。明月已陪着先生回村
他们习惯用说说笑笑
缓解劳累？我有些不能容忍
山坡上一个人，倒退着
两手拖个锄样的东西
做什么呢？半个冬天，还没有落一场像样的雪
或雨，脚下的土
一点不虚。我从稀稀拉拉的高粱秆间
斜过去，爬上杂草堰
已经听不到什么声音
回头望着，刨土
再把刨松了的土，从墓穴里铲出去
没有他们，谁来帮我的亲戚
村子里除了老人和孩子
还有几个扛得起棺木的人
我的离开，也就消减了
微微的怨气。转过身
他还是那个姿势，倒走着
双臂直伸，脚跟用力
见我走近，停下来问：“明月家的客？”

我说是。“你用锄翻地？”
他说不是，我在犁
湿土上放着几根鲜红薯
酷似夏日里，浅河中几个赤肚的顽童
他说，这叫“拽犁”
我接过来，长长的把尾
是个小小的铧儿。我续着犁茬
拽了五六趟。期间
飞过一只鸟，说过两句话
在地角的一个蚕筐大的水窖中，有一半薄冰
照着太阳

（选自《江南诗》2018 年第 5 期）

汤养宗的诗

/ 汤养宗

人间旧句

有人用枪顶着我的腰杆，要我俯下身去
辨认出一地鸡毛中的尘与沙
还有更不堪的戏耍
要我使用减法，淘洗出黑炭中
最后的黑。
我记忆里只收藏着几具剔除后的白骨
并交给了大地与墓穴
一只盒子里，还留有
母亲死后被我剪下的一束白发
这些都是人间阴凉的旧句
你们嫌弃我每天说出的话还是没有新意
就是不知道，你们所说的人间
最近又出现了哪些新词？

在吴洋村看林间落日

我只能说，一只金黄的老虎又回到了林中
它要回来看看，一天中

有没有谁，对它的老巢动过手脚
林间，有占窝之美
并在树荫小径上，嗅出
一个王朝散落在草间的气味
像世界的一场秘密事件！它不许我们插嘴
更不许我来安放人类的立场
百鸟齐鸣
老大，你依然远有天涯，近有步步逼人的蹄爪

时日书

没有什么可以海底捞针。但谁做下了
这个局：通天，通地，通人心。
并留下了草药名，忍冬，半夏，万年青
宽大无边，可以做这做那
像个什么都没有输掉的人。
亲爱的，我有痛。我有二十四个
穴位，不能摸。
三百六十五枚银针，每一枚
都可以插进我的肌肤，每一枚穿心而过
我都暗暗地，对你念出一句心经。

许多人后来都没了消息

曾经在前面带路的人，说宁愿
去踩地雷的人，怀里
藏一件暗器走向荒野的人
后来，都没了消息。活下来的人
像我，都有点二流，甚至
连二流也够不上
一只蚂蚁进洞后，不知为何
出来后就长出了翅膀

这当中，许多事物已经改换了名称
夜风一疏忽，野草便成了春色
跟着流水，就有了大河。
我经常给了自己一顶莫须有的罪名
喜欢走小巷，为的是
避开被人说：看，这个人还活着
有福的人，还活得这么好

终于变老

“你变老了！”是的，老
是突然变出来的，一个囚徒终于出狱
终于可以说：“你我已经两不相欠”
炉火里全是炭，认从，接近仁
溪流尽头，见到了四面八方涌来的水
在手上，石头果然
变成了捏来捏去的泥巴
一道神谕一路被我带在身上
现在解开，只有三字：“相见好”
站在星空下，看到了一盘
棋局，密密麻麻写着我的
残稿，它已经不计较另一旁的谁
还要细看，历经良久的策划
窄门终于打开
并传出了先人的训示：“跪下吧！”
感谢你一生经历过的苦难
你遭受的雷声，再不会
拦腰抱住你，那些粗茶淡饭
一直长有眼睛，它们没有亏待你
没有忘记，你抬头间的群峰与苍茫

雄鸡

经过一番铁心的观察，我终于认定
即使怀有禽兽之心的人
也不敢伸出这般舍我其谁的利爪
来容纳谁也帮不了我的忙的方步
再靠近点评论
甚至生就百媚而屠宰场就在附近。
再看看我们的地面
千声万色的人，有哪个不是边走边丢下
一地鸡毛。不是走着走着
便感到下刻就要挨刀子的样子。
它只要一打鸣
便有人自许：是不是这一天中还有一天

欢乐颂

如果一个坏蛋一辈子爱读书，我怎么办？
有一些欢乐，我竟与所鄙视的人
那样，做了又做并没完没了。
比如对女色的赞美，无法克己，近乎
迷醉。全然不知道地球的
另一端，正在战争。又比如
喝酒，也在同销感觉上的万古愁。
一想到我与他们所做的事，有走在
同一条路上的销魂，天空
也不肯隔开我的这一天与他的那一天
甚至，被设置成少不更事的
小屁孩，都有着冒失鬼的身份。
我便在大汗淋漓中错愕
仿佛在众多的人间中，有一些事

总是不便让人认错。坏人与好人
都无法停下来。服从着，该与不该的欢乐。

东吾洋

东吾洋是一片海。内陆海。我家乡的海
依靠东吾洋活着的人，表里如一。围着这面海
居住，连同岸边的蚂蚁也是，榕树也是
众多入海的溪流也是
各家各户的门都爱朝着海面打开
好像是，每说一句话，大海就会应答
像枕边的人，同桌吃饭的人，知道底细的人
表里如一的还有海底的鱼，海暴来时
会叫几声苦，更多的时候
月光下相互说故事，说空空荡荡的洋面
下面有最霸道的鱼，也有小虾苗
生死都由一个至高的神看管着。在海里
谁都不会迷路，迷路就是上岸
上苍只给东吾洋一种赞许：岸上都是好人
水里都是好鱼。其余的
大潮小潮，像我的心事，表里如一，享有好主张

新学年

怀揣万卷书走向新学年的
孩子中，相信有的也怀揣着刀斧
他们的目的地很明确，杀进
黄金屋，抢走那个名叫颜如玉的人
汉字中的金句，就被这无数书生的血气
延宕开来，并有点小隐瞒
在万古长如夜中挑灯走路
走进泥泞，又汇入大路人马

作为过来人，我也写了一些句子
把人事与不齿说得半明半白
还说花样永远在翻新，霓虹志
与小安生河水不犯井水，怀揣刀斧
也志在功成名就，豪夺与
巧取，自古已混为一谈，以便于
把混迹这两字说得十分安分
在茫茫人海中，不作声，样子却很弥漫

（选自《草堂》2018 年 10 月号）

车前子的诗

/ 车前子

母语

是要受苦的……汉字，
语焉不详，
不详的暮色，
暮色在西泠卷土重来。

卷土的口吃，
重来断桥上食言，
谁负谁呢？
鹤，中了苦肉计。

先中空城计，
再中苦肉计，
在空城和苦肉之间，
安排好家乡美人。

白戏

对命运的冥想来到困惑之中，

他设下圈套，
一些小马转入灌木丛，
像枚照片的鸢尾花，

专注，会遭遇未来有礼，
找到泉水，这点心愿来之不易：
腿，仿佛翕动的陶罐，
死亡有更为均匀的呼吸……

腹语潮润，毛发垂挂，
腋窝里顽强的秋后蟋蟀，
磨刀石上了断锁链——
困惑之中，成人的小男孩，

在给白杨树加油，
它发动了，四处张望，
都是宇宙，太阳这座集体宿舍，
晾满黑短裤！

晃动

一块丝质手绢落地，
我抽出手来，想要接住，
这时，不知从哪里射来一箭，
像鞑靼骑兵杀进村，
专抢肥胖妇女，
这块丝质手绢被箭钉到对面墙上，
咬开了蚕茧。
蛹，实在丑陋。
黑海在一只碗里晃动。

乡愁

真实母亲粗糙，敦结，抱怨。
爱，灵光一现然后，夜晚的湖水。
真实母亲有时淘气得床头蹦跳，啊，抓到了乌鸦，
它在蓝白小方格的床单上，跳跃，
这种床单是你通过希腊看到马赛克墙面。

虚构母亲是漂亮的，漂亮的，
穿着花裙子，
神情夸张，
举止稍微有点轻浮，这正是我们需要的，
虚构母亲仿佛电影演员。

望远镜

我在那个时代是神学家。
生不逢时而成为诗人，
后来放牛，挤满癞蛤蟆小镇，
丢过一只牛角，
被留洋回来的三姨太做了望远镜。

她神秘地告诉我，
在那个时代，
我是莱布尼茨家的书童，
打翻一瓶墨水以致——
上帝选择莱布尼茨，而国王选择牛顿。

史记

灯亮了，戳入暗处，
夜请我们挠痒。

一寸一寸自然——那里结构严谨，
如汉墓。口齿不清，宇航员告诉学生：
“到了月亮高度，
趴着的人比飞燕轻盈。”
你有机会翻身做主，
此刻峭壁被抛进寂静，古代的，
盛装于井底的，
由蛙看护的灯油。

浅显之时即是告别之年。
亮了，这白色点心，
往后，灯是最暗的食物。

万物

空旷之地万物生长，
蜂拥的丰腴，与拥挤，
不能看见。
你无法触及——神明在此。

神明在此！“她们浑圆的肚子，
徒劳运转”，
宇宙，并非一只绿菠萝，
带着我们的血。

（选自《诗歌月刊》2018年第9期）

我自己的佩剑

/ 李建春

入住的朝霞

即使我入住高层，在新装修雅洁、完善的
包裹中，也不及天上的鱼鳞斑
这是路过的什么神仙的仪仗
几乎毫无动静，从上清宫的壁画中
浮出。是西王母酣睡未醒，从昆仑山翻滚
现出真形，露出她下腹的龙纹
清气四溢。万类忙于嘘吸，我忙于惊叹
在我用自己半生购买的新居中，像个傻瓜

我用被映照的、焕发的一面，回应
那些鸾女。她们也是被映照的，喜气洋溢
凝视着东海
古老的大神，由于精力充沛，每一次出巡
都像迎娶的队伍，北回归线下
永恒的交媾，因他们神性的健忘
而喜乐，顾不得这些旁观的大鸟，淫荡的云
因嫉妒而露出阴鸷的一面
我更嫉妒并向上窥视
身体变成流线云，伸出窗外

短暂的物质，我因为拥有它们
将其雾状刻意打造成晶体
我用尽年华追求一种实现，在那些可计算的
斑斑劳作的感应下，水泥、石灰、铁、木
及其他构件，个人用品，书籍等
通过可略去的社会分工，而组合
成为活性的机体
我享受这个瞬间，宇宙之浪，在多重虚拟的几何线下
成为地球上的一隅，供奉和被供奉
此国此家，在昨夜的混沌中更新
我因为深爱他们而不忍重述
朝霞未看见的哭泣的时光

春深

新草蓬勃，在茂密的枯草中间
昨夜到今晨，一样承接寒冷浩荡
三号楼和新翻的土，也等同，夹着旧基的碎水泥块
春雨下到新轧的路面，和忘了收的被单上，是两种性质
幼儿园接送的欢鸣、早晨的鸟，同类
春梅和桃花、忽然溢出堤岸的流水，同类
孩子和大人，礼貌地接过半只苹果
他们咬开苹果的声音，略有不同
去与来，同类。上升下降，只有我
与这一切。冰冷的心，渴望郊游，这与以欢快的方式
从外卖的手里接过餐盒，有什么不同？

垂丝海棠

最难堪的，莫过于在雨中出门
惦挂着垂丝海棠

我走不近，因为雨幕的银灰、逝去的
和目的地，一样短，一样迟钝
银杏、国槐、朴树等名木萧瑟的时候
苦槠给出嫩绿的海参叶
桂树的老叶顶着红叶，像祖父抱孙子
如果我住乡下，也会这样
全然没有九月的名声
一些花伞，光秃秃的像探头
庞大的身躯，就那么一点纤弱的示爱
垂丝海棠并不掩饰她们红色的挂链
因而成为这段雨程的灭点
日出后她们会乱开，像邻家妹
在青春期出门打工
这工厂的天气、金属建材哐哐响的天气
怎么下雨都是不合适的
我有幸穿过一截甬道，红叶李不客气地
掠过伞沿，将水珠甩在我脸上
因而我也有蕾丝的情绪
在到达中尴尬的斑驳的领地

展开的卷轴

忽然有悲伤涌入鼻窍
无须探问是何物
刺激敏感的褶皱。山水重构之磨合
夜幕的石齿，挂着逝去的一块肉。
鼻泪管的喜鹊，在散射中收缩瞳孔
要回到路边粗糙的巢——这家
不像血燕，靠分泌的温暖。是细枝的体育馆
整个像一团铁丝太阳。
他回去也是锻炼，翅膀展开
非色，回应日与夜不分明的灰色地带。

我用春蚕吐丝法，画一座边城：
思考如何用偏锋，画住宅区的锐角
思考如何将卫戍区的墨团揉开
盘成环绕的城墙。这卷轴
停在书桌上，像分成各自的裸体
裹着被单等待。为我剖开的心肺
不可避免的峡谷，灌入江风、野渡、垂柳
用毛细血管搭一座独木桥
拷问载着板栗的乡村摩托
如何过桥，或如何
垂钓，在静脉流淌的湿地
动脉豁开的内陆湖？
我题写无字之书在他们互爱的距离中间
钤上鸡血石篆印在躁动不宁的草坪臀部
霎然合拢玻璃钢窗的光芒下楼察看
不远处塔吊的迹象

嵩顶即兴

嵩岭的巨型屏幕
美化和削弱了此次行程
我记不清上山的弧线
只为眼帘的扇面之大而震惊
年近五十，登临峰顶
未能安定的因素
在山下，仿佛春天的腐殖
转瞬，却被身旁的树杪
欲雨的天气稚嫩地延长
我曾反复在无数个山腰踌躇
如今爬上这台地
也只是把日常抬升到无蔽的海拔

清明节祭拜诗圣

我不能简单地提及的杜拾遗
今天我做了你的食客

（这曾是你的处境
你告诉我怎样把应酬诗
写得伟大；一个做过短暂的言官的人
终身怀念，把它当真，围绕紫宸
构筑仁心的大厦，然后长年
在江湖上，叹老嗟卑，用期待的音韵
在各级过往官员和行伍中间
劝勉，赞叹，观看，感兴，你用
风雅颂的正体，写一个漂泊的衰体
在帝国的广阔山川；你从未想到不可能
因此你最不现实；大唐，你是怎样为她
开疆拓土，用一支巨笔，饱蘸着
你并不得志的盛世，流落在乱离的
人民的生活中）

拾遗公的慷慨，开在
据说是他出生院落的桃花上
一千多年后，他设宴款待；无数个
安史之乱后，我们考订、装饰了他的童年
为了重建一个大国；曲江水边丽人行
他教我们察看隐藏的危机
他教我们重新体验忠谏无力
却从不放弃，自高，即使秋风破我茅屋
仍然不忘大庇天下寒士
今天他真的庇护了我们，当他接受
几个级别比他高的后辈祭拜时

更多从京城来的北漂，从外省来的
抱着干谒蠢动的布衣，披上
象征皇族的余晖、最尊贵的
土的颜色、可以格天感地的黄围巾

我自己的佩剑

寂静浮出七十年代　骑牛猎鸟的经历
寂静无因　穿越一个牧童漫长的求学
对此刻的动机进行干扰　出现
无语　呆立　出门下楼又回家等症状
我是否该解释我十岁左右打鸟成癖是野蛮的
与“除四害”有关　是否该解释我放过的四头牛
与村　组的纠葛　以及跟随父亲
积肥的时代背景　这要查很多资料
而我唯独记得一些感官的片断　牛粪的气味
成了资本主义尾巴之晨的喜悦
几种鸟的下腹　又回到弹弓开叉的正中
我瞄准它们　但不会再射出石子
我超度它们　用我身上莫名的痒痛
和愿力　我回向　那些杀戮的时刻
故乡的山林　在我握弹弓的疾走中
在我作为猎手的专注中　重新开展
我弓身游走　隐匿到苦槠叶下
闪过葛藤　蜘蛛网上的水珠　为了那只大鸟
它已感到杀气　就嘎声飞起
在它身下密叶的潮水中　寻找落脚点
它自以为在晃动的树杪是安全的
就高声警告同类　却暴露了　在它的慌乱中
小猎手背靠树干　目测石头与它相撞的点
然而弹弓是不精准的　不如意志
在肉石相击的残酷声音中它跌下

但没跌到地面　又扑腾飞起　显然翅膀受了伤
窜入　我不能穿越的荆棘丛
为此我遗憾过好久　但现在更愿它没事
我站起身　好像是刚刚放松屏息站起身
越过国土　平庸和水泥化的四十年
在我写作的长啸中有弹弓橡皮晃荡
而这已成为我自己的佩剑　有时是屈原
有时是李白或辛弃疾　豪放之气
向霎然凝结的城市空间　放出一颗飞石
寂静　瞄准　有质量有速度的仁慈　那化身的鸟
在地铁　小区　打卡或候机的时刻
蓦然中断飞行　在徐徐下沉中聆听
词语到生活的弹道　我攻城越野
骑着返乡潮的战马或一两个节日
我是说　我得以站在三点一线的一个点上
让懵懵懂懂　恍恍惚惚的爱击中我

既见君子（为山青作）

在我青年的、无头无方向的爱中，我铸铁，竟不知道我同学
在我忧郁的、无路亦无腿的漂泊中，我打造车轮子，竟不知道我同学
在我紧迫的、抱着石柱哭的中年，我把辘轳推下山坡，竟不知道我同学
当我困在燠热的鼓中，自鸣作声，一声声，攻向我的心脏，用肘骨的槌子；它有时增广、上升，像热气球，有时飘堕，像运载火箭弃下的一节，只是不太了解我同学
今日秋风乍起，乌云翻出编钟的阵势，是谁，在舞着敲呢；在那些树梢，山山水水悠长的孔窍，是谁，用善音、下嘬的唇，吹响，如此我知道我同学，我同学

等待合金

雨蒙蒙的天，总是出人意料，不能自已

雨蒙蒙的天，我当在合适的位置
我背着教具到郊区上课，只能讲别人，不能讲自己
一连两天的课，从新石器时代讲到战国
我教我的学生艺术的由来
依次讲石器、玉器、青铜器，教他们认
簋、卣、尊、鼎，我备好了模范，等待合金熔液注入

未能远行

灰陶之昊天击出一声鸟鸣，在粗糙、滞手的冷却中
这秋还不算深吧
几片未黄透的叶躺在地上，不服气，陆续有别的吧嗒声摔下来
旧王已停止咆哮。他只用狠劲（今年夏秋的干旱持续得够长）
那么你是跟谁?
树上的腐败，承担不起的根蒂，仍然茂密地含着雨滴，在枝叶
与枝叶互相妨碍中，发抖

但我还有别的期待。
走着未冷透的路，脚板轻叩扎满根的地泉
我未能远行
我喜欢大风后空荡的感觉。在鸟的喉咙细细一线中
探寻深远、散射的光源，片刻收拢又放弃
像弹回原位的两块乳晕，相对的，混沌的，没有阴影，胜过
唯一的太阳，好秋

金属的致敬

林中彩点的清晨，德劳内分解圆盘的清晨
一车子钢管被卸下，摔在地上

持续的、音叉的振动
滚石击打地面的爆响

在小人国搬运工的动作下
支配了我盯着满坡古树，追寻虬枝间鸟鸣的过程
那些鸟像人一样
不见其形而活跃于耳膜
桂花的香味
却需要深呼吸并加以想象

友人顶着二两白酒，下楼去了
一两个女生的撒娇，也已寂静
她们发来的卡通动作，还在一遍遍地表演

这个清晨的金属的致敬
我收下来。而塑造这个危险的
不返回就找不到的形体

用你开花的耳朵

从这头到那头，我在奔走中，是隐匿的
只有车厢知道
只有电波知道
只有妈妈撕下，丢入灶孔的台历知道
只有枕头上的压痕、口水的印迹知道
但它们都不说

在抵达你的途中
在开花或结果之前
我运送，用我根茎的力
一束光不是一束光，是整个太阳的爆炸
如果你正确地看。这老去的过程
不过是一封缄口的信
却无人撕，无人读
无权？谁有权？我授予

你
这出生，不停地生，作为事件
需要接收者
是你
接收
也不可把你看得实了
我花了多长时间才明白
你，并不存在
你，在我南瓜藤的那头
用你开花的耳朵
听我

为时已晚

深秋，在众叶摇动的穹顶下，天堂也要下来
站在地上
她们仍然站不稳，要化作泥和气，沿着小径
匍匐，像游击队员，狙击幸运的人
她们在我脚跟缠绕，用变化万千的爱的意象
告诉我不要往深冬里去，要守住含情的叶脉
她们黄金的身子骨和脸面，那么薄，转眼会受到践踏
令我担心

深秋，在万分爱惜中，在满园的悬铃木和古樟树下
耽搁了许久
我走过天光云影的湖畔，看见一生的大部分光阴已消逝
湖面何其清澈，没有留下一点纪念
我捡起一片落叶，握在掌中，试图温暖她
却被绝望渗入手臂；我放下她，继续前行
在天堂姊妹的哀泣中，我爱上了人世的浮华
为时已晚

立冬

秋收冬藏的分际　在微芒
转动时　这清晨　当视为睡着
也是亮的　血管内的小血球
在惺忪的晶体中　依然忙碌
这活跃　是火山未发　是过江隧道
穿过沉沉江水　是两层楼
一层读经　一层彻夜打麻将
我是界面　楼板　夹在两军　两县
或一对恋人之间　要两耳分别地听
昼和夜　繁华和受苦
我用右手收割　左手握不住
我命令激进的一边　要服从
把它压在右耳下　作如来卧
让无用的左臂做横梁　扛起被子
空气　一间屋　乃至天庭

我早起了。在室内蹑足　喝水
听见母鸟和小鸟对话
小鸟已学会飞　入秋以来
吃得饱饱的　发现树枝很奇怪
空荡荡地　树叶动不动就告别
母鸟说：所有离开的都会回来
在你的小肚里　你就不能省着飞吗
我们用飞　过冬　要飞到近乎没有
接上春天的嫩芽
小鸟与母鸟争　母鸟有问必答
不管他多傻　因为争也是过冬
争就是什么都不做

（选自《珞珈诗派》2018年卷、《读诗·虚构的平静》）

在我的故乡酩酊大醉

/ 周 簌

你在我的故乡酩酊大醉

那些熟悉的地名、村庄、田垄
河流和攀缘着茂密藤本植物的古桥
倾斜斑驳的老屋
布满苔丝的井垣
都在青铜的回音里无声崩毁
山林的风声有小漩涡
绕过你的颊额
在蒲苇丛中隐匿

你呼吸我故乡潮湿杂芜的气息
你沿着童年的荒径撞见我的老父
并紧紧拥抱
此时，我的故乡就是你的故乡
我的老父是你的老父
谁与你同享我故乡的暮晚
谁就将陪你酩酊大醉一场

野岭

当野岭上的油桐花
以散落的簇拥的白，有如野火
白晃晃地缀在雨后辽阔的新绿里
我仍旧是一个悲观主义者
陷入了自己的不幸

灵岩寺的一名扫地僧
正在打扫石阶上的落花
他不停地扫，花不停地旋落
落花瓣瓣
皆为他半生的痴嗔怒怨
他一直扫下去
直至把这些附属之物
扫出他的心际
就可以洁净地面对佛了

而我，已经不再对谁满怀期望了
请把那朵火熄灭吧

乡居

蔷薇花在一棵老李树上休憩
她们耷拉着
嫣粉的娇喘留在枝头
在暮春的风里缓缓积攒着倦意
阳光斡旋
一把棱镜打在夯土墙面上
不断地弥补，花影空出的幽

昔日门楣上悬贴红联：鸾凤和鸣

门外无人问落花
我也不等任何一个人
人世从未荒废
我们仅存的念，从未言说
已没有什么能使我再度厌倦了
只有墓碑沉沉
尚能听见春天的哀隐

我们都是简单到美好的人

垂丝海棠的花瓣落在我的膝盖上
春天的短笛在寂静中骤然响起
柳丝抵抗着风的秘语
忍住摇摆
万物都有一颗叛乱的心

我立在江岸久久凝视零落的海棠
恰似我的一些念头
纷沓滑过江面
我们都是简单到美好的人
比如这一地嫣然
比如那一江春水东流
再比如，我的体内正落花簌簌

放牛坡

放牛坡没有一只牛
板结的牛粪窝在深草里
至竹林吹拂的风
扬起童年的赶牛鞭

那伙牛群还在茵茵绿草斜坡上喘息

山林的边陲还镶嵌着
孩童们银色的唿哨声

暮色四合
小村舍微弱地擎着仓皇的灯火
一头全村最俊的黑水牛
在狭小的山路上
拽着鼻绳一端的女孩一路小跑

局部有雪

两只寒燕斜剪着白墙
没有什么在她们的剪刃之外
除了两岸的枯蓬，坐在静水边
从上游到下游
只有寂静
柴垛静静等待灶火
黑枝椏上点点李花静静向篱笆垂询

收割后的稻茬上
尚有未融化的残雪
一头黄牛立在田垄
静静望着对岸
而此刻，莲花山上高处的修竹
垂着长长的冰挂，正砸响庙顶

（选自《诗探索》2018年第四辑“第八届红高粱诗歌奖获奖作品”）

藏地诗篇

/ 那 萨

我是被时光磨损的废品

下山时，他们正好上山
我用四目巡视，他用微笑迎向
与老人们碰头，碰脸，拥抱
嘘寒问暖，母亲说
小时候我和他是认识的
帅气，灿烂
仿佛，我是被时光磨损的废品
杵在人们问安的路口
羞涩地，不知所措

一面湖水

忍住眼泪，忍住时空的错综沟壑
在历史的反复交汇中，提炼一壶酒
想象一匹骏马错失的白色湖泊
等风的人，在山脉上继续老去
想象一位圣人历经的梵音传唱
阳光叩响远方的城门，不问去处

一声银铃般的声丝穿过河谷
心声无痕，饮水的人
眼里藏着一面湖水

对镜

“杀生者冒着下地狱的风险
成全对方还了债”

远处正在下雪

看见，吃腐肉的秃鹫很难一下飞上天
它们要踱步，有时踱步到半山腰
缩着脖子，灵魂在痉挛
蚂蚁再追赶，闪不过一个小脚掌
鸟巢再高，一落地全碎了
修佛的人惦记着酥油
光不仅是点给自己

“看到的都是自己的对镜”

看一棵树，冒着绿意
透着苍凉，像一个
从木头纹理里思考生命的人

我站在树下
看自己

在庙里，打盹

路边静默的泥塔，有过雨水和阳光
路边缓慢的风，卷走了一个喇嘛

缓坡上尽是檀香

供水的小孩，玩耍的小孩
裹着湿漉的红袈裟
一群慈母般的喇嘛
拧掉了多余的水

门板上扣着空铁环
注视久远的锈迹

花瓣都在枝头
狗吠在巷子深处隐现

有人念出咒语，在耳边
擦拭梦中的灰
我在河里捞一个影子

我体内有一半嘈杂

我体内有一半嘈杂，来自尘世

晨光湿润，山尖云雾缭绕
远处的号子，按时响亮
隔壁的钻头，对准了发梢
易于被机械掏空的，除了山谷
还有被尘世滚烫的脑袋

静默的佛学院，我两手空空
喇嘛赐给我一条黄色哈达

我积攒整个午后的阳光，把
自身的贫瘠都包了起来

大雪还没降至大地

大雪还没降至大地，截取一半旧事
庙宇都坐落在山顶，送别的人像一棵棵青松
在石缝里长生不老，在石缝里迎着风雪
迷醉时，赦免人间情爱

青稞发酵，麦子在春天的眉头垂目，饮下
盛大的云朵和雷声，仰望神灵，看见雪的白
打开肉身，白莲般迎合水的激荡
重现含混的画面，预见或记忆

泪如泉涌，谁在呼喊我的乳名
一片雪花迎面而来

大雪还没降至大地

（选自《诗探索》2018 年第四辑“第八届红高粱诗歌奖获奖作品”）

我的村庄，我的物语

/ 梁 梓

请原谅那些小小的芒刺

你薅掉田里的草，如果割伤了手指
请你原谅它，它并不是你天生的仇敌
如果你咬开的是一枚有虫子的沙果
请你也原谅它
它无法自己独享自己的甜蜜
它也并非别有用心，谁都没有暗施诡计

当一棵树木举着高大的伤悲
它无法产生浓荫
不开花，也不结果
请你原谅它，就像原谅一个迷路的老人

总有一些无所谓的事物在生长
如果不影响你的收成，请你原谅它
就像原谅你下巴上那些疯长的胡须

让它们长吧！让它们梳理风，让它们洗净雨
让它们给尚未绝种的昆虫最后的乐园
——最后的广场。最后的音乐厅

黄昏

散步的空隙
夕阳已把金子涂在高大的杦树上
霜打过的叶子。闪烁着短暂的荣耀
稠密的手稿。发光的手稿
隐匿其间。麻雀部落的臣民在朗诵
它们说流利的语言，铁匠铺的语言
嘈杂的间隙——
获得巨大的安静
像河水停滞，打着小小的漩涡
黄昏总是弥漫着神秘的气息
多年后，异乡，一个破旧的朗木寺
几个沙弥大声诵《地藏经》
寺庙的犄角撑着一片金光
我想到——
如果不是有一种可以托住光的事物
天很快就会黑下来

晚钟

黄昏是神给予我们的一个金币。

众鸟归林，好收成对它们来说也无所谓。
土拨鼠。它们大多数是隐于地平线以下，
眼含泪水的人是我们
很多时候有着相似的、被驱逐的孤独和命运，
只是它们很少说，很少向谁表达
它们从不想活着这件事儿
到底是不是一个谬误

小心地走过草地的人，不是怕露水打湿了鞋子。

使用铁镢头，也总是不敢过于用力。
我知道我这样做毫无意义。
有多少想起家乡，就要想起教堂的人？
有没有人说起教堂的尖屋顶是一把利器？
有没有谁说得清
晚祷的钟声是一把什么样的钥匙？

这是怎样的事实？所有的黄昏都像同一个。
我们的人生就像站在金币的背面。
可是我终要耗费掉我的一生呵！
寻找远山般地寻找发光的钥匙。在此之前，

要种好田园里几垄土豆，几垄芝麻，
要喂饱院里的鸡鸭，要准备好一只削好的铅笔。
要等到夜空里的猎户蓄满力量，等到小熊和大熊。
等到晚风吹来。刺玫瑰微亮的香气。

松针

枯黄，并没腐烂
保留着原来的形状。密密麻麻
遍地松针，我止住脚
松针或许并不是死掉？
树冠里有空出的间隙，明亮着
围拢着的是一些新生的松针
那些被松针围拢的明亮
它也是松树么？它在松树的时间和秩序里呀
我的身体里，也有明亮的部分
被身体和类似松树的气息用心地围拢过
只是经历过后，现在如同虚无
我知道，记忆也会最终消逝
毋庸置疑，树上的松针

有一天也会枯黄，落下来
带着它的时间

每个蘑菇，都是忽隐忽现的词

我仅仅知道力的作用是相互的
当雨点击打土地，土地就回应以蘑菇
当我们努力找蘑菇的时候
它又拼命地躲藏，以泥土和草叶伪装着自己

当我突然想写一首诗时
我却在一首诗中迷失了自己
像一个蘑菇忽隐忽现的脚踪
像一粒不确定的词

我这样说是因为去年的小河，不
是从我拥有记忆就流淌的小河呵！
今年我就看见它佝偻着身躯
看见它像仅存的眼眶

是时候要为它写一首诗了
如果我孤独或者想家
就让它的琴弦在我的心头拉上一阵

我也更担心那些透明的雨滴
还会不会变成清凉的蘑菇——油蘑、草蘑
树蘑、白蘑、花脸蘑，那些单腿走路的侠客
那些只属于它自己的小小屋檐

赞歌或五月的村庄

五月从五月中诞生，森林传达地心的美意

五月的爱必要高于五月
红松高于灌木，向日葵高于河水
祈祷声履于松涛之上，在五月
所有的枝条抽出新的书简，辨认与模糊

所有的耳朵成为虔诚的朗诵者，必要说话
必要超度。必要朗诵——五月的村庄，我的村庄
必要以北方的身份怀念南方
必要以我的向日葵的嗓音歌唱热带雨林
以北方的小麦换取南方的甘蔗
愿意以北方的矮马换取懂得藏经的野牦牛
五月。我愿所有的蛋壳终将被一个纹路所引领
新生的雏鸟，就是新生的箭镞
是必要忘却飞翔的路径；势必要感恩

有一刻，我看见擎着鸟巢的枝头
我看见它修长的而温柔的手指
如同擎着一个小小的容器
每一个都那么用心，专注，我想起诗人想起母亲
我要止住流泪，写下属于五月的诗篇

那么多杂草默默生长，不需要铭记
那么多犁铧因耗损而发着光亮
那么多蜜蜂在扇动翅膀
那么多野花如繁星升起或陨落
每一个种子，都记得它唯一的密码
每一条小径都会被秘密地抵达

在五月，我放弃对一块遗失的金属抒情
在五月我愿意做一个迷路的人

（选自《诗探索》2018 年第四辑“第八届红高粱诗歌奖获奖作品”）

黎衡诗选

/ 黎衡

某地

某地你曾经去过，后来把它剪成
一部老电影
某地你总是说起它，计划它
你约好的人过早死去
那个地方成了一具
透亮的骨灰盒
某地是你的安身之处，每天读它
读一封错字连篇的情书
某地会突然闯进你
一到那里就到了另一个地方
叠好地图，你问：“我来了吗？”

使命

在熄灭的中心我成为通道
我愿意走到通道的尽头

你见到的

你见到的是你从未见过的黄昏
易碎而偏执的风景戏剧
你见到的不是拉索，或江水
不是三年前满街的
飞絮追着引桥
记忆之失败，雕塑了
向下的倾斜旋梯
你见到桥下铁栅中
废弃的儿童乐园，从
旋转木马的笼中
生出上个世纪的
孩子的铁锈
横穿马路的人在江风中纳凉
你见到夜的两肋
收紧了火烧云

孤独的马铃薯

在安第斯山阴雨的村庄
无路的积雪，渊面海岸
印第安人到来世界尽头，从地下
挖出太阳，像一种平凡的肯定
抵御着重复的寒冷

八千年后，西班牙水手把它带到伊比利亚
两百年后，骑驴客带它翻过了大巴山
一九八八或一九八九年，我等待着冬天
等待着停电的一刻
堂屋将只剩下炭火的星星

外婆将用火钳，从星云的洞穴中
为我刨出一颗滚烫的马铃薯
一个星星映照下的，热气腾腾的小站
剥开它，像黑暗田野上的一次收割
醒来我已被长途列车载远

我曾在中途下车，发现马铃薯
成了人类的地图，带着泥巴，一颗颗
四处滚动，所有的儿童捧起它
我孤身一人走了很远，感觉自己
在土地的深埋中，睡去并等待

无题

雨后，深夜的笙
街灯光晕的排箫

马路的大提琴回响到长江对岸
天幕在城市上空卷起的长号

听，上帝是：沉默的领唱
“你们在我里面，我也在
你们里面。”街市扭曲为
波涌的湖，远与近的钢琴
摆放在湖面涟漪的中央

新雪——给小明

世界厌倦了懒惰的观察
雪带来谜语
为了清晨的信号
风变成水晶的耳朵

十二月，耳朵吹落，耳朵飘扬
耳朵挂满枝头
大气的鼓膜填满音乐
但大多数人是聋子
我们也不是去听
而是想变成乐器
新雪是出发前的邮差
他不敲门，他迟到了
树木很安静

天际线

生的命令就是死的负荷
当你从巨大的传送带上被抛下
变成一个模糊的点，周围的
事物（包括她）都射线般躲闪
在近处，她没有形体
在远处，她是灰色的循环
让时间失去意义的
同时成为时间的剩余价值
风撞击着永远分隔的
磨砂玻璃，一个人沿着玻璃
走到了天之尽头，又走上玻璃
感觉脚下的路是她倒置的雨天

给 D

去你想去的地方，成为你不愿说出的人
模仿自己，模仿海岸线形状的镜子
一个镜子构成的世界袭击了你
使你加速着分身，又像愈合的
不倒翁晃动在我面前，带我穿过

崎岖的深巷，在半山养昨日花草
我们坐轮渡从岛抵达更小的岛
被礁石，遮挡了潮水一样埋伏的明天
对岸的海上公路，如同银色救生圈
等着晨曦从海里扑上来，但没有呼救

分别的时刻——给朱赫

不沉重甚至不严肃的时刻
正如不严肃也不沉重地老去
一切在变化中，一切都不如意
世界是变大了还是变小了？
让离散变成善意的玩笑
我们的困窘也有了喜剧的味道
飞机每天修改一遍
巴别塔尖的
等高线，很快，你可以用
加泰罗尼亚语的爱转译维吾尔语的恨
恨我们每个人都是
四肢健全的哑巴，只好用双手争执
双手也可以用来
搬运自己，把你从北京的日落
搬到罗马的日出
我们谁又不是举着一块
西西弗斯的巨石
再次回到山脚发现早已不再年轻
你是否终会在祷告中
把陡坡变成向上的漩涡，称谢你的
一无所有？
并向所有不相识的人致以敬意？
握着：微小平静的螺旋桨
向群山降落

向每个没能完成的自己降落

回家

每年一次，依着惯例，在春节前回老家的
县城住一晚，跟活着的亲人匆匆吃顿饭，
翻山给死去的长辈上坟。新坟阔气，刻满
儿孙的谱系；旧坟只剩无字碑；还有的坟
找不到了，在一个人离开许多年后，让大地
代替他的身体腐烂和不朽，代替他的
名字绕着自己和太阳旋转。弟弟在雪中
摔得满身是泥，我躲开了爸爸和叔伯
点燃的鞭炮。我承认，有时候我不理解他们：
一会拿着鲜红的人民币给纸钱划印，好像钞票
是从死亡窗槛递过去的家信；一会又沉浸在
鞭炮这种仪式无用的危险里。但我走远了。
昨晚，和把我带大的外婆外公小聚了一小时。
二十年前，外婆就对我说她的一只脚踏进了
土里，现在我短暂的探望怎么也不像是
时间的祝福，我倒是恐惧于未来之门在风中的
开闭，像童年的暴雨前，穿堂风、过道风、
天井里锐角的风同时从外婆的眼睛刮向我。
可除了写诗我一事无成，她的盼望无非是让我
在远方娶妻生子，回到称之为家的崭新客厅。

即兴

空气中挥之不去的死老鼠的气味
沿着便利店和彩票中心的外墙，
沿着日光的绸带，一直爬升到
烈日的魔方里，从红色的一面走出
来的女人，取消了从蓝色的一面

走出来的男人。她的空虚
展开为上午的广场。周围昏聩的
高楼，则互致哑谜，并为天际线上
烂尾的末日一样的台风云，提供了
肤浅的准备。是的，悬空的一刻。

日常的学习

让我学习看
看得越多越近视
眼镜把两个世界的反光
替换成既不是玻璃也不是
镜子的失忆
让我学习记忆
尽管我健忘、丢三落四
付完钱常忘了拿东西
在倒空的水杯似的清晨
像全世界最贫穷的人
什么也想不起
虽然，我仍试图复述既不属于我
也不属于你的喜剧
让我学习说话
努力用语言克服羞怯
用眼神躲避交流
在城市并不悦耳的争辩中
把自己：变成声音的平衡木
和谎话的魔法师，我要
变出生活，变出未来，安全地
跨过人们之间的不安
让我学习走路
当然，这太复杂了
我需要勇气、食物、外衣和里衣

我一定要做时间的赌徒
仅仅因为剩下的不多了，就在
地铁出口推开人群吗？
我一定要奔跑，要簇拥
要留意和担心身边的小偷吗？
我又该怎么判断
这沿途的白日梦是不是
对我的悔意的一种修正？

给无名者的信

我一定认识你，因为如你所见，
世界在乏味的黑夜里，太阳、火焰
和人造光，并不能改变我们的失明，
于是无论你正与我拥抱，还是在
一条陌生的街道失去勇气，我们的
距离并没有区别，我触摸你如同
拂晓的仪仗队触摸每一个不再恐惧
的前额。那么让我们交谈，我能看到
你无所适从的脸在不断的告别中快速
衰老，如一壶清水反复煮沸、冷却，
直到干涸，但你的，美的沸点从不降低；
我也曾从我母亲的脸上看到一个少女的
无知和惶惑，她在她之中为那时的
错误与艰辛痛哭。我也知道，你常梦见
自己是被反向的拉线扯动的木偶，
表演现在就是表演记忆，表演记忆
就是表演未来。不要厌倦，当我们
各自进餐，也就在由你我定义形状的
桌子上欢聚，食物是陌生人的契约，
而时代的肤浅始于浪费和不满足。
至少，我们可以微笑，以真实的喜悦

和羞怯，在你我没有面孔的光明里。

海岸巴士

山是嵌在海上的绿色电路板，
让蓝天在上方成像。

这样看来，疾驰的大巴
似乎从幻影中开出，

从天上开向公路。
在图像之外观望海岸，

前方的弯道，可以通往
任何虚拟的阴影。

但我仅仅是画面的一个细节？
还是将要进入的

阴影的局部？我只想入睡，
无奈森林太颠簸，碧海从窗外

一闪一闪，把边界
隐藏进光芒的交换。

海上读诗

他们坐上一块海水中的礁石，
伴着潮声的加速度，读巴列霍。

读他在阴天对四肢围成的
牢狱的诅咒，读他发现人类的

秘密像演奏狂喜的音乐。

他们的双脚在海水金色的
粼光里弯曲，被藻类驱赶。

旁边，一对银发夫妇一前一后，
站在沙滩上，隔着两米距离
平静地观看大海，仿佛大海很远。

他们也后退到沙滩，读另一首诗，
潮声越来越大。刚刚站立的
那块礁石，周围的海水一寸寸涨高。
天色晚了，海浪盖过了石头和人声。

采石场

每个白天我做着同样的梦，
反复路过午夜的采石场。
石头炸裂、切割、凿碎，
沿着空中的细索搬运。
沮丧来自石头的内部，
来自不可细分的黑暗实心。
所有事物都在分享和交换中
消磨，惟有痛苦不能。
惟有坚利的石头自由落体。
痛苦，多么纯粹。

白雨

流体玻璃，熔化并四散
它们从高空跌落
每一滴向大地敲门

并不急切，只是形成了
苍茫的合力
白色的，在下坠中
张开的透明剪刀
裁剪着大气的衣服
所有人都穿上它
高楼听雨的人
和路边举伞的人
共同维持这破碎的秩序

暴雨中的公共汽车

一个空旷的站台
为了摆脱雨
我挤上了
不知将开向哪里的
公共汽车
它慌张地加速、转弯
驶上大桥
急于澄清自己
不是雨的一部分
但暴雨的影子
变成了盲人
弹奏这架水底的钢琴
弹奏乘客——新旧
不一的琴键
他们，会在车停时惊醒
偏离重力的平均律

辉煌的午夜

太平洋吐丝，灯火的蛛网在岛屿间颤动

西博寮海峡用波浪的喙
衔走了船艄，他们坐在船尾
被透明的膜翅覆盖，身体从四肢末梢
渐趋消失，又加速生长了出来
他的眼睛从她的耳廓里眨动
她的脚撑开了他的掌纹
风切削着岸上的树冠
像马勒的一次笔误
晚汐也跟着不规则地摇撞
船短暂偏离了月神的轨道
仿佛清辉是一个漩涡
他是另一个
当她找不到他时，自己也在水沫的
渺茫中。甲板如醉汉
接过了灯光的倒影递来的杯子
他们的空杯子
在额头和乳房上闪烁
但海浪并不稳定，水银的海，熔钢的海
布朗运动的海，神的测不准的海
航船甩开了近岸的辉照
向更暗的地方耸动
远视帮助他发现了昨夜登陆的人潮
他们醒来如在码头焦灼等待

（选自《诗江南》2018 年第 6 期）

《一匹马》 曹悦 60×60cm 布面油画 2016 年

谷禾的诗

/ 谷禾

旁观者

火在燃烧，旁观者
保持着冷静。两堆火之间
有大片的空地
灰烬旋舞，进而变凉，被风吹散

火在燃烧，它还可能
夷平所有房子
把古老的遗迹化为废墟，或乌有
甚至夺去
残存的生命。旁观者保持着冷静

冬日之冷冽，并不曾褪色
海蜷伏着
我们说起海浪，潮汐在退去
裸出奔跑的沙子
我们说起亘古的爱，灯塔突然熄灭

火在燃烧，一部分的海丧失
而旁观者
保持着冷静，如一块礁石在水中
尝试平衡术
等待上岸的蜗牛回来

跪

一生在风中奔跑的人
被指无根，如浮萍。一生站直了的人
老来也弯曲了脊背
但没人见过泰山压他头顶
或者绑缚上悬崖，被鹰隼反复啄食心肝
傻瓜哦，他为什么不晓得变通呢
就像坐莲台的那人
以七十二种变幻的法相
知悉人间善恶，度化受苦的生灵
只有终生跪着的人，以头触地
从不曾看见高过额头的人间
他跪天，跪地，跪父母，跪恩泽，跪神灵
甚至跪一片枯干树叶
我还见过他给魔鬼下跪
久而不起身，恍如抽去了骨头和膝盖
人世残忍，他跪在一把刀子上
那么忘情，一脸婆娑的泪水
他不被叨扰的一生，也占据过我的蝼蚁心

雪的消息

消耗了一个冬天，我还可以继续
用春天的心情等下去……我有足够的耐心
——老友孙春明，终于从遥远的新疆

捎来了关于雪的消息。他说，浪漫的雪线
一直在后退，从乌鲁木齐的任一角落
如今一抬头，就能望见博格达峰的黑色岩石
依稀的积雪，越来越像落上黑色岩石的白蝴蝶
相邻我们的吉尔吉斯却不如此，那儿的冬天
被积雪覆盖，一日长于百年，人们在雪中
做爱到死去。而穿越时空的莫斯科城
破旧的阿尔巴特街上人形寥落，教堂里烛光轰鸣
安娜和玛琳娜，正面临被一粒雪击垮的厄运——
在每一天。在人群里。在她们离群索居的词语内外

意外

不可逆转的，第一束光，总是准时到来
穿过层叠的乌云、虬枝和飘窗的凸出部分
——哦，春天，烟花已散尽，钟声在灌溉
女人从厨房退出，孩子们回到餐桌前
让我们围坐一圈儿，碰响斟满的甜蜜酒杯
看黎明润泽的舌尖，一点点地舔破窗纸
星子已在玻璃上结出冰花，在摇曳的烛光里
我们成为不同面孔的天使。我们唱起
同一支爱的歌，然后，安心地睡去，在梦中看见
世界变成了明亮的花园，沐浴晨光的人们
却因为心怀无尽的孤独，并没有欢笑着醒来……

在世界的每一个早晨

去岁发生的一切，今年并不曾改变
在云南，在雨北，在你醒来的每一个早晨
另一个人还不曾睡去，一些人又出生和死亡
时间的加减乘除，并不因此而减慢了速度
我遇见送葬的队伍，棺木上覆盖旗帜

而喜鹊登枝，新娘子的红盖头一点点地揭开
太阳升起来，“冰花男孩”怯懦地走进了
翻山越岭后的乡村小学校的大门口
在这一刻，京城东三环堵成了露天停车场
雾霭还没来得及退回郊外，广场上的晨练者
嗓子里发出不绝如缕的鸟鸣。更多的
孩子们手牵手，一起消失在露珠的歌谣里
在同一刻，那个怀抱婴儿的黑头巾妇女
微笑着，拉响了襁褓里的人体炸弹
我活在所有日子里，把这一切都珍藏于心间
我去过那么多地方——城市、山海和草野
从船头、空中、高铁上，看见不同的风景
像微暗的火，游动在一天里的每一秒钟
从《美丽新世界》，到《1984》《动物农庄》
的傍晚，被冒犯的世界，像一个幻象的房间
它给予我们所有的，又在另一个时间
无情地夺去，这时我们已老无所依，深陷在
失明症的漆黑里，仍然坚信光的善良天使
会继续点亮每一个金色年华的早晨

（选自《山花》2018 年第 4 期）

此生愧疚

/ 李不嫁

此生愧疚

养一只小狗，须待它如家人
在佛看来，用一生陪你的
必有某种因缘
而我不信佛，参不透轮回
但某个傍晚，我从窗外窥见
我的小狗端坐沙发上
在暗下来的房间等我开灯
那模样多有教养！
只差手上捧一本书
就成了一个聪明好学的孩子
只差口齿伶俐地朗读出声
就恍若我们的第一个男孩：他，无名无姓
他，有鼻子有眼睛，1991 年夏天死于人工流产

坟

一只狗老了，会蹒跚着
离开家门，找一个无人知晓的地方
默默死去；猫也是如此

大限来临时，乡下的生灵
不忍心让人看到遗体，眼含泪水，挥锹掩埋

就好比王应梅的母亲
去年冬天，得知女儿患上乳腺癌
在一个雪夜里下落不明
而王应梅幸运地活了下来
丰满的前胸，手术后，只剩右边一座孤零零的坟

红薯的故事

冬天的街角，烤红薯的香
盖过了雾霾的味道，我的胃阵阵痉挛

春天，母亲会煮上一大锅薯苗
一日三餐，将我们喂饱，像猪栏里的猪崽

夏天，母亲会煮上一大锅薯根
一日三餐，将我们喂饱，像猪栏里的猪崽

秋天，母亲会煮上一大锅湿薯块
一日三餐，将我们喂饱，像猪栏里的猪崽

冬天，母亲会煮上一大锅干薯条
一日三餐，将我们喂饱，像猪栏里的猪崽

夏天的傍晚

夏天的傍晚，放学的孩子
礼貌地叫我一声爷爷
路旁的香樟也激灵了一下

已经不是第一次，
被归入老一辈的行列了
童声清脆，啄木鸟一般失真
我听见自己的应答
落叶一样轻
风过去，倦鸟缓缓归林，夕阳急遽西沉

我若返老还童，怎免得，重做小奴才，而且更乖？

漆树

在许多漆树中
我只记得刀疤最多的一棵
刀口呈梯形地排列
由低到高，随着年龄的增长
一道道新伤覆盖旧痕
在许多对树木的戕伐行为中
这，已经够仁慈的了
哪一种挺拔躲得过电锯和利斧？
生来挨刀的，都应该学着漆树般隐忍
并时时保持奉献的冲动
当采漆人到来，刀尖磕响桶沿
你看，满山漆树应声起伏，像颤栗，更像兴奋不已

（选自“清墨言蓝”微信公众号）

谢觉晓诗选

/ 谢觉晓

小镇工厂

1
只有在暮色过后继续远行的人
才会迈出如此凝重的一步
圈在光之内行走的人
脚步轻盈，或者放荡
仿佛灯火守卫的街道
隔绝了四野的荒凉

坐在门口渴望性生活的人
粮食充足，衣被、柴火，
还有足够的话题
整缸的盐
茶叶也管用一个冬天

只有
远行人
才会如此凝重
像一匹乌鸦带走全部的黑暗
像一匹蚂蚁在自身的渺小下越陷越深

露凝时分你从我挑灯夜读的楼窗下
擦过我只身值守的工厂
脚步声让我心惊肉跳
莫非
是父亲
从长城那边
仓促归来

2
雨淋在
父亲工厂院子两侧堆积的产品上
母亲在 30 瓦的灯泡下
躲避锈蚀
黄昏只剩下巷口的广告牌
木讷地看着弟弟
从职业高中辍学归来

三年后
弟弟继承了车间里所有晦暗的机器
用一堆过期牌照和措辞混乱的合同
积下结婚的彩礼
与
并不丰盛的婚宴
一个麻脸的新娘
以及她娘家兄弟共同搭建的
窄小仓库

扯掉拆违通知
推开铁门
仓库内的货架木材讲究

两位老友做了亲家
各怀心事劝过酒后
忽然变得健谈
抢着话头回忆起二十年前
划着青田船去庆元背木料的
伤筋动骨的日子

3
你在火车右侧靠窗座位向外看到的村子叫西庄
我的弟弟，他初恋女友从这里远嫁广东
二妹她一度在那里租住
冬天双手在水里肿得像十根胡萝卜
她开在镇上的干洗店生意惨淡

你为何要提及这个村庄
它像镇子的一条蝌蚪尾巴
灯火从镇子向西传递
次第昏黄
冬天骤冷的深夜
狗吠声传不到东边，剩余的孤单
暗暗沉沉
在火车的叱骂声中钻过铁轨
此刻你犹在旅途梦乡

所以你真的不必从小站下车
更不必租用黑摩的
一身叹息来到我曾经蛰居的工厂
你手扶的那棵树并非我亲手栽下
想必我们集体撒尿的石头还在
围墙和小路已经划给开发区铺上柏油路
这个夏天
你再不能听到虫声从泥泞中醒来

你给我的信
我一直没有收到
20 世纪没有给我留下任何值得念想的事物
只有这封信
我确曾多次向西庄的朋友打听过
但他们给我寄来了我们在新世纪写下的打油诗
还有一本印刷拙劣的
地方志

方程解

那些总能在适当场合现身的女子
如今也已经疲惫　如同
忍受冗长雨天的旧房子

推门进来的
是
清洁工
结清工资后
取走曾经装饰夏日短句的全部落叶

一款时新的帽子
陆续出入另一家茶馆
记得二十年前　市府桥头那间早餐店
穿着鲜明运动衫叫上两条朱梅鱼
拿着筷子捋起袖子的姿势也是如此相似

以前是台球室
一段时间忽然成为热闹非凡的羽毛球馆
现在是文创园
三号楼咖啡书吧　东边 202 室就是你说的寒斋

客人坐齐后收起一桌散落的清玩
漫不经心　像是谈论一支琴曲
品过三种茶　马车却迟迟不来
缓慢的时光令人暗暗心焦

就这一支香烟了
“我们缺少成斗的盐、盛放盐的金斗或头颅、角、鹰。”
但此刻只需要一根火柴
有人在对面擦亮
譬如车灯划过墙面
来不及看清你捉摸不定的脸庞

必须这样
宏大的宣言照亮永不平息的大海
托起巨大的岛屿
在候鸟振翅的风日里
建筑不断壮大的场所
围成圈子　享用着谈笑风生的工作餐

那些曾经在路上的
云水，或者尘土
我也要向他们致敬
在各自道路的曲线函数里
总有貌似不规则的变量
对应着对称或者重叠的
同一个因变量

出发的马

雨夜失途的马清晨出现在另一个村庄
向着长长的道路仰嘶张望

河的对岸
另一匹马抬起啃食草皮的头颅
像是一位农妇惊讶地看着过路人哭泣

你一定见过那个心事重重的旅人
他失落的事物比马更珍贵
那个在树下躲雨的老头
递给旅人一个饭团
挑起一担水缸向镇子走去

他有一条忠诚的狗
二者走路的姿势晃晃悠悠
它会在马路市场上觅食
与其它的狗保持适当距离

如果菩萨护佑
哪怕是天气多变
或者船价上涨
即便低声下气也没有商量的余地
他们都会首先回到镇子外面的落脚点
在更加衰老的时候回到家乡
也有可能一个比另一个稍早死在异乡

这里可以包括
那个心事重重的旅人，还有他的秘密
以及出走的女人
和女人带走的一双儿女
但我一直无法接受
一匹雨夜失途的马
终于未曾在某个清晨出现在最初出发的村庄

（选自“檀林诗刊”微信公众号）

《曼听寨的晌午》

曹悦

布面油画

150×180cm

2013 年

《绿荫》 曹悦 布面油画 30×30cm 2018 年

诗集诗选

《雪是谁说的谎》诗选

/ 倪湛舸

Invisible Black Matter

去热带死的好处是，阳光亮得像白布，布飘在风里像太阳正在蜕皮，搭在肩上，缠在腰里，抓陌生人的头发并惊叹于猴子很瘦，猴子死在热带从树上掉进水里融化在珊瑚的嘴里，被抬走的人很轻很轻的骨头里都是洞，洞里很亮很亮全然没有影子。

昨夜寒蛩

沿着漫长的海岸线，长途车行驶在雨里，用指尖划在窗玻璃上的疼痛本只是字迹因而很快又模糊了，抱着脱臼的胳膊下车，走进街道对面的小巷，那里的屋檐下挂着囚禁鹦鹉和画眉的铁笼，那里的水缸高过鼠尾草，结锈的水面上漂浮着并蒂莲，在窄巷尽头攀登高坡越过砖墙，所见的海是镜子这边的波澜，镜子那边是死后或醒来的世界。

齐物论

山林不会说话
冰原不能做梦
海浪感觉不到痛苦

它们和我们都很累
说话消耗对他人的耐心
做梦蚕食世界之外的世界
痛苦提醒我们还活着并且无可奈何

山林萌芽又落叶
冰原反射漫长的白日
海浪推动沉船上的沉钟
它们和我们都很累
我们听不懂树叶作响
不能直视冰原上的光
拼命伸手，却抓不住海浪的形状

潮信来，方知我是我

金绳、羊皮纸还有比手掌大的矿石
我不爱这世界，却沉溺于左肩被箭矢穿透的屈辱
啊血，血的气味甜而腥臭
敌人从梦境这头走进消失太过漫长
我竟已髯须过膝
而银白仍只是海滨墓园里陌生女人的长裙
阳光如玉锁太过沉痛
我们躲在地窖深处咬噬彼此的脖子
别再离开，我正临空洗涤绷带
并偷偷告诉你每个人、每棵树连同每块矿石的名字

进化论

厌倦了生而为人
我持续善行
是为了托生成世界尽头的海豹
想吃彩虹颜色的鱼群就闭着眼睛吞咽

想到水面礁石上睡觉
就敞着嘴让口水滋养青苔
如果厌倦了无所作为的海豹
我还能继续升华成水汽
拂晓的橙红阳光拂过苍绿的松涛
傍晚的玫红阳光傍着垂地的靛蓝云层
我是热与景致的透明通道
过滤了生命的意义

不流连

向往潮湿炎热的地方，最好是海岛，有雨林，植物长得快也死得快，猴子脸色铁青屁股血红，瞭望台上不能点火，闪电和雨水拧成巨绳，这里就连腐烂都在加速，彼此抚摸要小心脸颊上的空洞，原来骨架和骨架可以学积木彼此嵌入，哗啦啦都碎了，空气本就是粉尘肥美若飞花不流连。

尸解仙

穿过草地，因疼痛而俯身，看见草茎间零星、半透明、蓝莓般微小的茧，那是丝缕状雾气贴近地面的沉淀，形若断指的蠕虫彻头彻尾的倾诉，羽化前在世间最后的流连，令我回忆起胸腔里疼痛的来源，我梦见雨中的玻璃房建筑在河心，水流湍急夹杂着红萍、白鲮和游魂，它们经过我却没有方向，与我面面相觑却不曾相遇。

黑溪流动碎光

说起来，我从未见过仙人
却爱以井蛙之身，揣测闲云野鹤
她们必须忍耐的，想必与寂寞无关
却是吉祥的底色，或边界之外的黑
她们是蔓藤，偶尔青葱，偶尔夹杂裂帛的灰
她们微笑则有如树生繁花

但树已枯死，而花红有毒恰似幻影
我从未见过仙人，却知众生有情
入深渊者方得解脱，这可真无从说起

黄金国

和尚去沙漠，当然是为苦修，更出于爱美
沙丘起伏，本就如同洋流，日落时余温尚在
沙粒细腻与否，都能镇定从后颅到脚跟的寒意
若躺进沙里，死前所见的，是金黄海洋之上的血色夕阳
和夕阳消逝的瞬间，墨蓝天幕上的璀璨星群
所谓的美，怎会拘于掌心的镜面
天黑后世界清澈如冰窖，为肉眼所不能惊扰

蓝采和

在南方，树上挂满藤蔓并且全年苍郁，姑娘穿着套鞋去采螃蟹和蟹爪兰，她们的草帽和念珠和公交沿线的凉棚同样动荡，被酸驱使的蓝绣球和被碱浸润的蓝牵牛占据首尾相连的花床，这里的雨季灰蒙蒙的总有什么在腐烂，我习惯于在夜深处点火，我知道记忆就是守护疏忽的火假装那重新燃起的和早已熄灭的同样幽蓝。

无生老母

山里的雨像头发疯的狮子，膨胀的头颅取消了身躯四足，在雨中山路上奔跑，你注定陷入这头狮子的鬃毛而不能自拔，脚踝、腿肚和胯骨在雾气和水花间绷紧，曾经的容器都已摔碎，曾经的凝视由墨转白，山巅在云层之上连同积雪和晴空，而峡谷从骤雨的间隙里闪现，那是狮子的嘴吗还是你在呼喊越来越远的人世间。

大宗师

这次是真的累了
翻不过山，于是在山顶停下
活过的这么多世里，难免曾托生为雪
做过浮藻与流萤
恒星死后的光
无话可说却还在呼喊的人
但只有雪，想停就停下
什么都不想，还是会被留下
高高的山上晃动着很大的光斑和更大的阴影
被留下的雪静静地融化
我是河流的源头
我正成为那终将离开的一切

起　航

我不恨自己，也不爱自己，我觉得别人都很美，像雨中湖面上，细密的涟漪，遥远是一块青色的矿石，我吃它为了远离很美的人类，我不想去别的星球，也早就离开了记忆中的世界，比如风滚草的晕眩，积雪在山坡上残留的弧线，我漂浮着忘却自己，继而忘却，被忘我的我所侵蚀的太空。

连　山

我是怎么把自己弄丢的，我真的不知道，哪怕蜷缩在最微小的地方，比如，悬挂在耳垂下轻颤的贝壳里，苦闷胸膛断断续续倾吐的气息里，松针焚烧后飘在风中的灰烬里，把树砍倒吧，没有屏风的房间突然变得明亮，放弃挣扎的猎物突然拥有了山野和草原，空气是奔涌而来的恍若无物，该怎样与自己的裸露妥协，该怎样倾听自己赤诚的死？

归 藏

人们说过的所有话，在空气、海水还有金属里，都会留下痕迹，所有痕迹都被铸成纹章，收藏在不上锁的抽屉里，就像全世界的人，都居住在全世界的房子里，即便无家可归者，也有天地所收容，即便是毫无意义的呻吟、没有听众的啜泣或不成腔调的歌咏，也都曾被说话的身体所温暖，人们这样说着说着，就弄丢了为并不存在的锁所打造的钥匙。

（选自倪湛舸诗集《雪是谁说的谎》，上海三联书店，2018年10月版）

《清风起》诗选

/ 陈巨飞

晴朗

蝴蝶飞过菜花。她的翅膀上
是一座天堂
天堂上住着一颗露珠
露珠滚动的光芒里
一个胡子拉碴的北方汉子
自行车后扎着一束糖葫芦
几只风车，呼啦啦地转

如果我的身体从泥土里长出来
也会惊讶自己拔节的速度

国度

一个拖拉机手死了，
一场雨刚刚下过。
他的女儿头顶白布，
小声地哭泣。

他的拖拉机生着铁锈，
停在路旁。

那一年稻田停满麻雀，
少年萌发爱情。
野柿渐渐腐烂，坠落。
一个拖拉机手死了，
他的房屋仍然骑着垂头丧气的炊烟。

江阳

沱江的水太冷，杨升庵醉了酒，
他安心做白发囚徒，不必用榕树的胡须自缢。

只有万历年间的窖泥是温暖的，
有人打鱼归来，
温酒器上，漂着三两个桂圆。

你要出远门吗？
冬天带不走火锅。能带走的，
只有灰烬，
尚存余温。

雨，打在铁皮船上。
古镇的一幅画还在，偷画的人躲进画中，
他撑开伞，
却衣衫尽湿。

游客在求签：长江飘过多少帆影？
没有人知道，
数也数不清，求也求不得。

一座寺庙，依山而建。
大雄宝殿的一边，世俗的僧侣在浇灌菜园。

空城

飘满梧桐叶的小街道，除了落叶，
都是空的。酒馆外稀疏的行人，
手放在口袋里，
他的口袋是空的。
他曾捕捉一只鸟，白头翁，
一生的白头也是空的。
他的香烟，香烟里的回忆是空的。
他住在哪里，哪里就是空城。
一城的风雨，是空的。

群山的囚徒

最先变成群山的囚徒的
是太阳和月亮
它们交替突围，仍未挣脱群山的双臂

然后是炊烟
无风的暮晚
它庄严地飞升，逐渐消失不见
没能化为一朵白云
抵达天堂

一瓣野樱花
从山涧流出，在小溪里打着漩儿
没能把春天的讯息
传得更远

最后的囚徒，是生产队长陈宜思
他的名字曾印入
去往上海的火车票
也曾存进
六个儿女的手机通讯录
去年冬天
我们把这个名字
刻在群山怀抱里的一座墓碑

抱山湖

湖中有只小兽在雨中跃出。一个算命的瞎子
第三次经过湖边，消失了。化作一朵莲花，或者蚂蚱
投湖的人担心云朵会被淹死
清晨，湖边的雾气，是云朵的魂魄
很多次，我抱着绝望的湖水一起哭
很多次，我沉入水底
打铁，种菜，隐居，吐一串串泡沫

潭柘寺的钟声

我以飞旋的秋意，化为银杏叶和北方响晴的蓝天
多么丰盈：精神上有一座祈福的碉堡，肉体上
有人间的烟火和露水
然而这钟声，它隐隐而来，不似惊雷扑入怀中
而似狮子吼，似面壁者的墙壁，似空谷里
一片柘树叶子落在历史的针脚里——
我看见天子狩猎的马蹄越来越远了
枯草上住着热爱生活的人，需要钟声
我是浑浊的，需要沐浴，需要把语言的沙子
换成击钟者的头颅
需要在钟声里种一棵菩提树，光秃秃的

发不出枝叶，长不出果实
当它击中我，我只能化为一缕回声……

花家地

停下来吧，篮球场，滑滑梯
槐树的枝角触摸过星空
如今一动不动
光头的老人和露天经营的理发师在谈论天气
谈论割去的日子里，杨絮引发的
昏睡症。停下来吧，美院
灰色的雕塑停留白鸽子
作为不安分的一部分，它反复表演饥饿艺术
停下来吧广播体操，小学生背起书包
在钟表里练习旋转的技巧
傍晚，有人走钢丝，有人在马扎上绘制藏宝图
地铁口的小黄车散开
像菊花一瓣瓣被风吹散。停下来吧，房租
停下来吧，报表
烧烤店已经打烊，门前的调色板，有一束光
水果摊适合素描，适合变成静物
停下来吧，下坠的成熟
让果实重新回到棚架，在画布上，独自开花

渐渐地

渐渐地，把自己交给生活
除了在湖边坐着的那会儿
渐渐地，草木枯黄
雁阵磨亮天空
久违了，湖水
我内心无法抵达你的平静

只能暂时与你谈一谈心
黄昏时，鱼儿跃起
渐渐地，湖面上有了涟漪
一只鸟站在一棵紫薇上一动不动
只有远方，才懂它浩渺的心事
给我可消失的、可躲藏的
渐渐地，变成静物的一种
就像不远处有人经历生死
有人歌唱了一整天，有人
渐渐地与土地有了默契
便于在尘土中掩埋
如果我就这样深陷于秋日
成了湖边的一个秘密
渐渐地，我就认识了自己

清晨的人是干净的

清晨的人是干净的，
因为，他还没从梦中醒来。
在梦中，他到奶奶的坟前哭。
他去童年的溪流里洗脸，
洗着洗着脸就不见了。
他挨了老师的教鞭，
他因偷看女同学的胸部而羞愧。
他找到丢失的五毛钱，
于是消解了仇恨。
他醒了，眼角挂着眼屎，神情木然，
一声鸟鸣都能让他颤栗，
一颗遗落的花生，都能让他满足。
他去晨练的时候，
柿子正慢慢变黄。
遛狗的女人和他打招呼，

看到她笨拙的臀部，
他却想起自己的母亲。

湖水

湖水涨了，春天一天天地丰盈。
我惊诧于岸边的槐树，
一天天地倾向于塌陷。
父亲的头上开满了梨花，
他梦见年少时遇见的大鱼，
到湖里找他了。
母亲一宿没睡，她喃喃自语：
“我这命啊，竟抵不过陪嫁的手镯。”
他们划着暮年的船，
沿青草深处，寻找烟波浩渺的旧天堂。

木桨哗哗，拨动湖水；
春风无言，吹拂往事。

父亲

父亲来了，
骑着一匹忏悔的老马。
他来向我告别，
说早年掉落的门牙在菜地里找到了。

我坐在黄昏的山坡上，
看父亲越走越远。
这段时光多么美好，
一片油菜花包围着他，
他也变成其中的一朵，
开得灿烂。

他的黑马逐渐变成黄马。
在变色的过程中，
他治好了脑梗塞和癫痫病。

告别

细雨中的雏菊，湿漉漉的台阶
我即将挥手告别
作为炊烟中绝望的一缕，远走他乡
哦，迎面走来的人
她那么苍老
当你老了，会不会像她一样
像什么也没有发生似的
经过一畦青菜
我也要向她告别。我坚信当你老了
我已不属于这个世界
对于它本身，我怀着热爱，怀着厌倦
像一块废铁
向被锻打的幸福告别
在漫长的时光中，就这么生锈

喊山

清明回乡，未通知老家的母亲。
待到家时，看见一副锁挂在门上，
田野还是那么安静。
我估计母亲是在后冲摘茶，
于是我站在稻场边，双手围住嘴巴，
对着后冲使劲喊了一声“妈——”
我几乎用尽了所有的力气，
我怀疑后冲的每棵茶树都听得清清楚楚，

几只白鹭也被惊起，它们在山间盘旋，
是不是在帮我寻找母亲？
整个山谷回荡着我呼唤母亲的声音，
我的声音从山坡上滚落，
经岩石的碰撞、山涧的洗涤，
已然变成了一棵竹笋呼唤泥土的声音，
一滴露珠呼唤生命的声音，
一朵生活在别处的白云呼唤炊烟的声音，
一个不再提起的鬼故事，
呼唤传说的声音。
仿佛山谷里的一切，都在呼唤自己的母亲。
我们这群找不到母亲的孩子，
都在浩大的春天里惶恐不安。

古训

生的丑，往往能种出绝伦的花
貌美的君王，常常误国

隐士们不读书，不下棋，不玩蜜蜡珠
他们光着膀子，围坐街边
喝十元一扎的生啤

哦，这沸腾的生活，谁都不想
骑一匹老马，巡视支离破碎的河山

吃鱼籽的孩子，长大了
不认识秤杆上的星辰
鱼腹里的星空图，带着水鬼的腥气

而水鬼是没有重量的
涉水的人，像灯草一样被冲走

白天玩火，晚上尿炕
一只大黑鸟，叫张飞，在豆腐坊里
扮无常

药渣在岔路口越来越稀薄
遗落人间的病痛，被高铁的车轮
带到四面八方

一人书

他练习跳跃，摘到梨子后，分给了
跛足的二战老兵
木材在等待锯子，而锯子在等待一场战役
他多年都不会飞了。在废弃的伐木场
耳朵里长出一朵大蘑菇
在夜里，有婴儿哭泣。他记起曾经的国度
缺一位英雄。也缺一名裁缝。他懊恼极了
像是从来没有建起他的国
他希望有座菜园，做蜻蜓的微型机场
他希望有架梯子，直达天堂
他的体内有一匹马，老马，偶尔发情
他打算去趟莫斯科，如果莫斯科还有黄油面包

（选自陈巨飞诗集《清风起》，第34届青春诗会诗丛，诗刊社主编，中国青年出版社2018年9月版）

《回到一朵苹果花上》诗选

/ 康雪

鸢尾

早晨走过一条小路。
围墙下开满了白色的花
我并不知晓
它们的名字。也没想过
开口询问

也许你叫它们，鸢尾呀
而我称呼为
有缝隙的光明。

可是这有什么意义，我们消失时
它们大声地呼唤自己
小白，或者莉莉安。

同类

我喜欢这个人，他的笑容
有些空旷的样子。甚至有时候，会啪嗒啪嗒

掉下水珠
但他从来不承认这一点
也许他自己并不知道。我也是第一次发现的——
一个人的笑容有些漏雨。

致陌生人

我们都太孤独了。但走进
餐馆
仍会选择无人的桌子

冬天多雨，阴冷
比起开口说话，冒着热气的面条
更让人心窝一暖。

我们都太孤独了
但刚走出门，就闻到蜡梅香
像无偿获得一种，很深的情谊。

在小桥村

当我们坐下来，田埂上的芦苇
向里挪了挪位置
田间没有水，几只鸭子在里面走动
像草返青的声音。
我们长久地坐在那儿，没有说话
有时感觉鸭子消失了
我们只隔着，一只麻雀大小的寂静
有时又感觉天色暗了下来
我们越来越小，像两只蚂蚁掉在
同一个牛蹄窝里，不知所措。

一只西瓜

在通往甜的路上
这只毫无经验的西瓜难免会有些
疲倦。

它甚至在自己的条纹中迷了路。
比起始终怀揣着一颗粉色的内心，我倒觉得

它可以停下来
把浑身的闪电交付于这旷野，已足够。

良性循环

星期一是个旧巴士。装满了小学生
星期二是一只跛脚的黑山羊
上帝，它的眼睛清亮。
星期三下雨
星期四金黄的稻谷垂在路边，露水被
轻轻碰落
星期五，躯体是灵魂的障碍物
星期六高烧不退。星期日
我捡到一只新的，野生的，可爱的自己。

爱

她触摸到了
你声音里时有时无的深渊。
她有些爱你。
爱那种掉下去的可能
爱可能粉身碎骨的痛楚。

她触摸到了，这深渊并非美妙的巧合
而是神迹。她的眼睛
突然停电
她通体漆黑，却让你感到安全。

十月

我从未感到悲伤。但他人的哭泣
让我满眼泪水。
无名的野花，红色果实……
我拥有很多年类似的记忆。我从未想要
获得什么
但真切的空荡，仍让我颤抖。
我知道上帝并不存在
但我又时时着迷，每一片坠落的树叶
正从拥挤的上帝中穿过。

一个声音

本来有七只。咻的一下就少了一只
其实咻——
是我想象的。每样事物的消失
应该带有声音，像有所准备，有所保留
还有一丁点儿人情味

其实咻——甚至在我的骨缝
发出了回声。这时我的空旷恰好接住
一只鸟
我独自走在路上，我并不介意
它是否真的
给我一个好的告别姿势

因为咻——我们获得离别的经验，并友好地
失去联系。

在梦中

重逢时你的样子清晰，笑起来
仍是一个孩子。
我们快速地经历了所有分别的时光
在空旷的雪地。你的一只手搂着马匹的脖颈
另一只手伸向我

这个过程只融化了几朵雪花。
但又那样漫长——

醒来时我仍想着马匹的鬃毛正透着
湿润的热气，你的手指还在轻微地抖动。

我从未这样爱过一个人

在葡萄园里，踩着他的脚印
雨后的泥土，这样柔软
像突然爱上一个人时，自己从内部深陷

可我从未这样爱过一个人。

从未在天刚亮时，就体会到天黑的
透彻和深情。
这深情，必是在远方闪耀而仍被辜负的群星。

我真从未这样爱过一个人。

在葡萄园里，我知晓每一片空荡的绿意

却不知晓脚印覆盖脚印时
这宽阔而没有由来的痛楚。

出嫁后

有一次，妈妈从山里干活回来
给我带了一把狗尾草。
还有一次，我在摘打碗碗花的时候
爸爸递给我几朵紫色的大蓟

这都让我感到难过
我的父母，当了几十年拙朴的农民
突然这样天真、浪漫

这让我想要流泪。我宁愿他们永远保留
那点粗野，认为花草尽是无用之物
我宁愿我们之间
还存在着分歧甚至争执，这多么必要。

喜悦

在夏季，雾蒙蒙的早晨很少。
啾啾啾……叽叽……咕噜咕噜
那么多鸟叫，忽远忽近。
我穿过一片草地，露水沾满了脚趾
我无比快乐，我总要忍不住
摸一摸
肚子，喔喔，我的宝宝——
风有时把我的帽子吹歪，有时挠着
稻田里几株水草
它们开着白花，它们笑出声来。

水牛

它吃草的样子，真是温柔。
它的尾巴
甩在圆圆的肚子上，也是温柔

它突然侧过头看我，犄角像两枚熄灭的
月亮，但它的眼睛
黑漆漆的，又像蓄满了水。

我们短暂地对视，再低头时
它脖子上的铃铛发出
轻微的响声——

我们就这样交换了喜悦，我们将
在同一个秋天成为母亲。

道路

天空中飞鸟的曲线
石头下虫蚁细小的足痕
植物叶脉里奔腾的水

那么多神秘的路途
我永远无法踏入，但婴儿能

我的婴儿刚学会坐立
庞大而美丽的地球在她的臀部下方
缓缓转动

她很快就会行走
她生来就在行走。

婴儿与乳房

以前不知道，天生柔软的乳房
能变得比石头还坚硬
不知道石头里有河流
河流里有怎样壮阔的温柔与暴力
这暴力是婴儿独自承受的。

以前不知道
不是一生下婴儿就能成为母亲
不是掏出乳房就能轻松地
喂养这个世界

是婴儿，以非凡的耐心
慢慢教会一个人成了母亲。
是婴儿
让普通的双乳有了潮起潮落
有了月亮一样的甜蜜盈亏

是婴儿，平衡了一个母亲乳房内部
与外界无垠的疼痛。

给女儿之六月

屋后的竹林还剩下一半。
另一半被荒草、洋姜
与坟墓的边缘取代

这时我不再因夏蝉感到焦虑
我已经能站在远一点的地方
看自己

看自己的具体，如何存在于你身上
看自己的虚，就如被
日后的你怀念

这时但愿我笑起来还是
小时候的样子——

和你一样明亮，好看。
而哭泣时，整个世界都波光粼粼

墓志铭

问出的话是黑色的。被答出的
是皎洁。我活在低处，但高空必然
有颗与我重叠的星辰。
我有幽静的伤口，在躯体之外
我有浩瀚的爱意，但拥挤在一滴雨中。
我数月前埋下的花种
一朵芽都没有长出，我无梦可做。
但亲爱的妈妈
一个人最后毫无骄傲可言。我能爬上
悬崖，却爬不过自身的陡峭。

（选自康雪诗集《回到一朵苹果花上》，第 34 届青春诗会诗丛，诗刊社主编，中国青年出版社出版 2018 年 9 月版）

《花香滂沱》诗选

/ 夏午

早晚的事

我决定好好修炼，
以期 20 年后能成为一棵乌桕，
立在冬天的路旁：树叶散尽，枝条干净。
这是早晨散步时的想法。
晚上怎么想，晚上才知道。

落日很美

今天的落日很美。
今天，我的妈妈六十岁。
我不高兴，也不悲伤。
世界上没有什么事物可以替代
我的妈妈，我也不愿意
把我的妈妈比作任何事物。
我的妈妈，仅仅是

我的妈妈。

桃子夫人

我没有凶器。
我没有必要，“把松弛的一天过成紧张的一天”。
为了证实这一点，我应该重温一下：
吃桃时，我只是桃子夫人。
吹向桃叶的风啊吹着我脸上的茸毛。
直射着桃枝的阳光也直射着我的胳膊和腿。
桃子不说话。
我静静地吃着桃子。
桃花在舌尖上荡漾，
心不在焉地结着大大小小的桃子。
桃子不说话。
我静静地坐在桃核中，迎接自己的命运：
我没有凶器。因为——
“野生的桃子，是上帝专为小偷创造的果实。”

九月九日寄有心人

临睡前，她吃了一颗水蜜桃。
“这桃儿，多像今天晚上——
那颗突然跳进湖水的心脏啊”。
她一口一口吃下桃子，像是把心
一点一点送回胸腔。
又像是把子弹，一颗一颗
推回枪膛。
现在，她又是个有心人了，
而且身怀夺魂利器——
进可驱敌于千里之外，退可守城
“我自岿然不动”。

可是，捧着一颗心来的人啊，
为什么，她无法安下心来睡着？
扪心自问，白露为霜。
月光也如霜，正透过窗帘的缝隙，
落在她微微起伏的乳房上，
这使得夜晚的静谧，有了情欲的形状。
她吐出桃核，细细地舔着
沾满桃汁的右手。

春天里

雨下了一遍又一遍，我也厌倦了
描述，这因浸泡而绿得发亮的世界：
人和人是不一样的，但动物园都一样。
你们想换个活法。正如我，想换一种说法：
我承认，我与人世湿疹有脱不掉的干系。
雨水是单纯的，我却想把它搅和成祸水。
我坦白，我私藏了一个小宇宙。宇宙里
住着小小的他。他爱驾飞船，忽上忽下。
我交待，我爱他，如孤单飞禽爱凶猛走兽。
我曾赠他未丰羽翼，他曾领我闯入安哥拉。
我确信，如果你们是人，我就是一株植物。
你们善于从修剪中得到隐喻的快乐，我则习惯
处变不惊。天要下雨，你们要去动物园。
爱干么干么，只是别管我，要开什么花。

毕达哥拉斯不吃蚕豆

毕达哥拉斯不吃蚕豆
阿卡巴部落人从来不伤害无花果

昨夜不知所以，在昏黄的台灯下

写下这两句，便沉沉睡去

祖父托梦，“嘴巴最懂人心里的事”
没有人会啃食自己的灵魂

而今，我寄身于一株落尽枝叶的老乌桕
永不啄食我洁白珠果的人儿啊，请举手

微风从东南方向吹来

微风从东南方向吹来
一棵树，因为有鸟
每根枝条都活了过来

多年以后，当我再次来到山中
树和鸟，全都不知所踪
微风依旧，从东南方向吹过来
我早已忘记年轻时遇到的那只鸟
是只什么鸟，见到的那棵树是棵什么树
是否还活在林间，它能不能感觉到
吹拂过脸颊，那一阵比一阵温柔的微风
和从前有些不一样：

多么美好的东南风啊
曾经偏东，现在偏南

是悲伤的人……

是悲伤的人凌晨醒来，对
水中的明月失去等待的热情

是饮下太多冰水的心，对大时代的齿轮

生出无法自拔的，深深的凉意

是你没有说出的，那阴影
遮蔽了白昼，那光亮

是脆弱的牙齿，啃啮着骨骼里的黄金
是不能推倒重来的一生，一直患病

却从未治愈。是这一刻
悲伤的人醒得太早，你穿错了鞋子坐在路边

而那将要到来的
“不是爱”，是水中的明月

穿过金黄的稻田……

穿过金黄的稻田就是寺庙。
要去寺庙，必须穿过金黄的稻田。

要到达寺庙，就要动用一大片稻田的金黄。
穿过金黄的稻田，寺庙金黄。

恕我不能走到你们中间

阳光时有时无
湖风如入无人之境，越来越陡峭
今天，我属于一片来不及红透的乌桕叶
今天，我不能说话，不能微笑，不能泄露内心
一丝一毫颤抖
除非乌桕愿意，除非
乌桕愿意敞开它的洞口，让我住进去
以乌桕的名义，发芽，生根，抽出光洁的枝叶

在秋风中结满令人心颤的、饱满而又虚无的果实
否则——
恕我不能走到你们中间，告诉你
如何成为一个平静的人

二月春风似剪刀

春天是难以逾越的季节。
对年轻的猫如此。

对置身黑暗中的人，更是
如此。

穿堂风每到夜深就将白天
吃进肠胃里的食物，扫荡得干干净净。

"然而你拒绝我递过来的食物和水。仅仅
为了维护身体里最后那一点点野性？"

"哦，天知道——还有谁
比一个在凌晨被饥饿唤醒的人更清醒？"

"谁得到了身体，失去了自己。谁能告诉我，
谁是我们当中病得最重的那一个？"

二月春风似剪刀，架在每个人的脖颈上。
它只负责提问，从不回答。

我厌倦他们

我厌倦他们。这尘世
这被风沙灌溉过的嘴脸

我好久不信上帝了
好久不和妈妈讲心里话
14 岁，我写下攻击、屈辱和感叹
那么久远我都快忘了——
我是一个跟谁也搞不好关系的
小姑娘，曾梦想当一个修女，去忏悔
我曾渴望结婚，并默默数着年龄。默默地
抚摸着自己的身体，又骄傲又恐惧
这不断膨胀的骄傲，像正在发育的乳房
有一阵一阵的胀痛
这恐惧，需要一个异端来支撑
需要在支撑不住的时候，弄脏白裙子
偶然的爱情，不停地发芽
青春期的英雄，醉死在酒里。
你过你的，我过我的
为什么要为了一个原则折磨自己
为什么要结婚，露出幸福的马尾巴
还不如登山，摔跟头
不如爱一个月亮般清冷而忧郁的女子
一起讨论福克纳或卡夫卡
在逃离他乡的旅途中，还不忘抹点儿口红
我们都是爱美的女人啊
都曾在绝望里打捞过，一个个癫狂的男人
他的粗野，他的丑陋与索然无味
他的孩子气，正适宜制造动乱和波折
让“暴风骤雨般的情人”接踵而来
是他，也是她——
哪怕被开除，哪怕吃闲饭的嘴
一早就找上门来。人都是要死的。
但死之前我要揭露真相，
“女人是后天形成的。”
比如：

40 岁以后，穿一件比基尼

给我未曾谋面的先生

一个从未谋面的外省青年
每天早晨问我这一天要干什么
每个晚上问我这一天
过得开不开心
——哦，他早晚都想念我一次
或者，那些问候
真的来自一位得体的绅士

前天上午，在海拔 1600 米的明月栈道上
我高声呼喊：有人吗
有人爱我吗
山谷回应：有人吗，有人爱我吗……
我反复呼喊，没人回答
只有自己的喊声
在与草木、山峦和气流的碰撞中
渐渐变得遥远

今天傍晚，他又发来短信
“我长久地爱着
你笑起来的样子——想象中——
你总是笑着。”
我没有告诉他，我曾无数次想象
他的模样：一脸大胡子——
乱如蓬草，又漂亮得不知所以
随时夺走我的呼吸。
左手紧握一把时常走火的手枪
正纵身跃向窗外
那是暗夜中，我的男人

一次又一次离开的模样

见字如面

傍晚，他换上运动鞋出门，
上了一辆往西北的汽车。

“我要去长安，散散心。”
“我要捧着自己的心哭泣，用泪水喂养它。”

三个月后，邮差送来 2006 年的书信：
“见字如面。我在冥王星散步，数星星时恰好数到地球。”

窗户

白天，她和儿子谈到如何开始
一首诗。她看向窗外
“永远可以从打开一扇窗户开始”
从你站着的地方望出去——
你看见了什么，忽视了什么。
是谁在光焰的中心哭泣，又是谁
在湍急的风暴眼里挺直了脊梁。
这一刻，当我们再次谈起窗户
有多少眼睛在窗前沉默绝望，就有多少眼睛
曾经燃起熊熊火光。那慢慢熄灭的过程
也是灰烬一点一点散失的过程。在风中
这样的事，每天都在发生。
还有那些我们曾经以为坚不可摧的
与房子紧紧连成一体的窗子，而今
在城市的废墟上，残雪无声
似啃啮。这些终将消融的事物
这一刻，正在消耗着不能消融的。

你会感觉到疼痛吗？
是的，这只是一扇窗。
但从我站着的地方，与
从你站着的地方，望出去
总是不一样的。不信
你看看脚下，这一刻
你是一个有影子的人。

情诗不写也罢

深情无语，情诗不写也罢。
写在纸上的字，藏在字里的脸，刻在脸上的旧时光
不必重提。
过去的事都逃不过回忆的虚构。

云山雾罩，不见日出。
你在树下看云，我在树梢吃冰淇淋。
你爱另一个有点走样的你，我属于忘乎所以的我。
各行其是，自得其乐。
这些才是真的。

偶尔，我犯糊涂，
说爱你，实乃不知所云，
别当真。这也是
真实的一部分。

还有多少孤独可以献给你

这是夏天，你要是还不来，
蓝莓冰淇淋就要融化了。

你要是还不来，就看不到夏天的我了。

秋天来了，凉风会

把我的小脾气吹成大脾气。
这都不算什么。只是

秋天来了，我
还有多少孤独可以献给你。

（选自夏午诗集《花香滂沱》，第 34 届青春诗会诗丛，诗刊社主编，中国青年出版社 2018 年 9 月版）

《团山印象》　曹悦　布面油画　60×60cm　2015 年

域外

尼古拉·马兹洛夫诗三十首

/ 【马其顿】尼古拉·马兹洛夫 作 黄峪等 译

尼古拉·马兹洛夫(Nikola Madzirov),诗人、散文家、译者,1973年生于前南斯拉夫的马其顿,出生于一个巴尔干战争的难民家庭。18岁时,南斯拉夫解体,文化身份发生了转变。东欧诗歌有一个明显的传统,从米沃什、赫伯特、蒲巴、扎加耶夫斯基,再到马兹洛夫,但是后者发出的是东欧诗歌二十一世纪的声音。德文周刊 Der Spiegel 甚至将马兹洛夫和特朗斯特罗姆相提并论。马兹洛夫的诗歌被翻译成四十种语言出版,《重置的石头》(Relocated Stone, 2007) 曾赢得 Hubert Burda 欧洲诗歌奖,也曾在斯特鲁加诗歌之夜获得米拉迪诺夫兄弟诗歌奖,还获得数个文学奖金,包括柏林 DAAD 文学奖金、法国玛格丽特·尤瑟娜文学奖金等等。美国诗人马克·斯特兰德说:“马兹洛夫的诗就像是在想象的太阳系里发现的一颗新行星!”华裔美国诗人李立扬说:“马兹洛夫的诗被内在意义的浓度神秘地驱动,给予心灵律法最深的表达。”美国诗人卡罗琳·佛雪认为马兹诺夫的诗正如他的英文诗集《另一个世纪的残余》的标题所预示的那样,“似乎都源自其他时代,它反映出一种异常睿智而细心的敏感性。当我们阅读这些诗,它们就开始栖居在我们体内,而且我们也能够更好地向它们打开我们自己。马兹洛夫是一个罕见的灵魂,是一个真正的诗人”。斯洛文尼亚诗人萨拉蒙评论:“马兹洛夫创造高昂的沉默,把空间与和平重新灌注到力量之中。我们一直以来都追寻着这种纯粹。”波兰诗人扎加耶夫斯基评论:“马兹洛夫的诗就像表现主义的画,有厚实而充满活力的线条,似乎来自于想象,又立刻回到想象,就像夜晚被车灯照到的动物。”马兹洛夫也是 Lyrikline 诗歌网站的主持,常年四海为家。他有两首诗被克罗地亚制片人拍成短片,四首诗被美国爵士乐歌手谱为歌曲。“已有大师相的诗人未来可期”,王寅在微信朋友圈写下这段话。“如果有一个世界文学的共和国的话,那么马兹洛夫就是这个共和国里东欧诗歌的王储”,胡续冬这样介绍诗人的分量。

在我们出生之前

街道铺上了沥青
在我们出生之前，所有的
星群已经形成。
树叶正在腐烂
在人行道的边上
银子变得黯然无光
在工人的皮肤上
某人的骨头一路生长着穿过
睡梦的长度。

欧洲正在统一
在我们出生之前
一个少女的头发散开
冷冷然在海的
表面。

黄峪、Marija Todorova 译

无眠

已然忘记如何说再见
而无需为永别拥抱；我们一边
想着明天，一边用隔夜面包
喂天鹅。从我们的记忆
涌出的水足够灌溉
好几亩麦田。我们看着雨
如何精确地重复自己，偷走
尘埃。我们失眠了，

不属于任何一个夜晚
也没有任何烛光能延长
风墙上我们的身影。

陈育虹 译

两个月亮

女人望着自己
倒映在小镇半透明的樊篱上。
她瞳孔里住了两个月亮
她探索过的两个世界尽头
在她凝视中融为一体。
她的上方，阴影织成了
屋顶的苔藓；下方，
一些仅能在此存活的物种
正死于孤独。
她的髋骨和胸肋之间
是一片洼地
每个夜晚月光汩汩流泻。

陈育虹 译

分开

我把自己从每个真相分开
关于河流、树木和城市的起源。
我有一个名字它可以是一条告别的街道
一颗在 X 光胶片上出现的心脏。
我甚至把自己从你那里分开，从所有天空的母亲，从无忧的房子里。
现在我的血液是一个逃难者，它属于
几个灵魂和打开的创口。
我的神在一根火柴的磷光中存在
在保留着木柴形状的灰烬中存在
当我睡去的时候并不需要一张世界地图。
现在麦秆的影子遮蔽了我的希望，
我的话语仍有价值
就像一块家族流传的挂墙钟虽然它已经不再计时。
我和我自己分开，到达你的皮肤
闻起来像蜜糖和风，到达你的名字
它意味着动荡不安而让我静下来
为我打开门户通往我所休憩而
并不生活的城市。
我把自己从空气、水、火分开。
构造我的土地
被建成我家。

黄峪、Marija Todorova 译

如常降临的夏夜

1

如常降临的夏夜便是如此
通奸的妇人走出露台
身上丝质的睡袍让众星的颤抖
顺利通过，
一根树枝从鸟喙中坠落
鸟儿在它建巢之前就睡着了，

一个士兵把国旗降下
他口袋里有一封母亲来信
在地球子宫里进行的核爆实验
悄悄地让死者复活。在那一刻有人
静静地解读拜占庭古乐的纽姆谱，
有人以普世真理之名
伪造关于巴尔干和内战的出逃记。
在工厂后院里
被宣告无效的革命中的参与者的
塑像睡去，
在线条对称的坟墓上
塑料花失去颜色
鲜花失去形状，
但我们与之告别的
这死者的安宁
不是我们的。

2

在村庄里有三个窗户亮着灯
算命的人只预见到
康复，而不是疾病。
浪花把瓶子抛得很高
来装下整个海洋，
单程路标志牌上的箭头
指向神，
一个渔夫撕下一小片天空
当他把饵丝抛进河里，
有个穷孩子寻找小熊星座

也寻找他希望来自的星球，
在有不在场证据的凶手门阶前面
一根羽毛试图飞翔。
这就是平常夏夜的样子。
城镇在月亮的红光里燃烧
那些消防梯似乎
通往天堂，即使那时候
每个人
都在那里
往下
爬。

黄峪、Marija Todorova 译

当某人离开

一切已成定局的事物都会回来

在墙角的拥抱里你会认得
有人要去某个地方。总是这样。
我在两个真相之间生活
就像在空荡大堂里颤抖怀疑的
霓虹灯。我的心收纳着
越来越多的人，因为他们已经逝去。
总是这样。我们走路时间的四分之一
花在眨眼上面。我们在丢失
东西之前就已经忘掉它们
比如说，书法练习本。
没有什么是新的。公共汽车的
座位总是暖的。

遗言被传延
就像倾斜的桶倒向一场普通的夏火。
同样的事情明天又会发生——
这张面孔，在它从相片里面消失之前，
会失去它的皱纹。当某人离开
所有已成定局的事物都会回来。

黄峪、Marija Todorova 译

世界的阴影掠过我的心

我没有一个移动之石头的勇气。
你会看到我在一张潮润长凳上伸展肢体
在所有军营和竞技场外边。

我空洞如一只塑料袋，
盈满空气。

我双手撑开，手指相触
搭出一个屋顶。

我的不在是一切
重新计数的历史和刻意的欲求所致。

我的心被肋骨刺穿。
玻璃碎片漂过我的血
云层隐身于白细胞后面。

我手上的戒指没有自己的影子

让人想起太阳。我没有一颗
移动之星辰的勇气。

胡桑译

我看见梦

我看见没有人想得起的梦，
人们在那里哭错了坟头。
我看见飞机坠落中的拥抱，
和动脉敞开的街道。
我看见睡眠的火山，比家谱之树
的树根睡得还久，
以及一个孩子，一个不怕雨的孩子。
只不过那是我，谁也没有看见，
只不过那是我，谁也没有看见。

黄峪、Marija Todorova 译

阴影掠过

有一天我们会相遇，
像一只小纸船
遇到河里冷冻的西瓜。
世界的焦虑
同我们相随。我们的手心
将月蚀太阳，我们举起灯笼
走近对方。

有一天，风不再

改变方向。
桦树将吹走树叶，
吹进我们放在门槛的鞋子里。
狼会跑来
追逐我们的天真。
蝴蝶将把尘土
扑在我们脸上。

一位妇人将每天早上
在候车室讲述我们的故事。
甚至我现在说的
也已经被说过了：我们等待风
如同边界上的两面旗帜。

有一天，每一片阴影
将与我们擦肩而过。

黄峪、Marija Todorova 译

静

世界上本没有寂静。
僧侣们创造了它
为了每天听马儿
听羽毛从翅膀上飘落。

冯默谌 译

我不知道

遥远的是我梦想中的所有房子，

遥远的是我母亲的声音
唤我吃晚饭，而我却奔向那麦田。

我们遥遥相对就像一个错过目标的球
飞向天际，我们活着
就像一个温度计它仅仅在我们看着它的时候
读数才准确。

这遥远的现实每天都在和我对质
就像一个陌生的旅客在途中把我叫醒
说：“请问是这部车么？”
然后我回答“是的”，但其实我想说“我不知道”
我不知道你祖父母的城市
他们希望离开那里发现的各种疾病
还有以耐心开展的治疗方案。

我梦见在我们的欲望之山上有一所房子，
可以看见海浪怎样描画
一幅心电图关于我们的失落和爱情，
看见人们如何相信以免于沉落
迈步以免于被忘却。

遥远的是保护我们免于风暴袭击的那些小屋
在里面我们免于体验母鹿死亡的疼痛，她们死在那些猎人的眼前
他们寂寞，但并不饥饿。

这遥远的时刻每天都问我
“这是窗户么？”“这是生活么？”我说
“是的”，但其实我想说“我不知道”，我不知道
鸟儿是否会开始说话，而不提到“天空”。

黄峪、Marija Todorova 译

在我们之后

有一天有人会折好我们的被子
把它们送到洗衣房
把上面最后一粒盐搓掉，
会打开我们的信件然后按日期分好
而不是按照它们被阅读的频率。

有一天会有人重新摆放房间里的家具
就像棋手重新开始棋局，
会打开旧的鞋盒子
里面放着我们小心藏好的睡衣纽扣
还勉强能用的电池和饥饿。

有一天疼痛会重临我们的脊背
它来自酒店房门的钥匙
和传递电视遥控器时
前台职员的疑虑。

别人的怜悯将在我们身后开始
就像月光追赶着游荡的孩童。

黄峪、Marija Todorova 译

完美是诞生

我想有人能告诉我
关于我们体内水的信息，
关于在电话亭里
昨日的空气，

关于因为能见度低
而推迟的航班，虽然
在日历上有许多无形的天使。
关于为热带之风哭泣的风扇，
关于嗅到了的最迷人的熏香，
当它消失时——我想有人能告诉我这些。
我相信当完美诞生时，
所有的外形和真相
都会如蛋壳般开裂。

只有分别时温柔的叹息
才能把蛛网撕开。
只有理想之地的完美
才能推迟灵魂迁徙的
秘密。

而我对自己不完美的身体能做些什么呢：
我离去又回来，离去又回来
就像沙滩上的一只塑料凉鞋
被海浪卷去又被冲刷在岸。

冯默谌 译

启迪

我已经很久不属于任何人了，
像一枚从旧圣像边缘掉落的硬币。
我在严格的继承法和誓约间奔波，
在命运的百叶窗后被描绘。
历史是我必须跨越的第一个边界，

我等待那个从和谐之界发出的声音，
它将会告诉我已走了多远。
我像一尊坐落于星星之城广场上的青铜雕像，
上面，鸟儿在练习着希望的牧歌；
我如一根黏在蛋壳上的羽毛般来启示自己
那告诉我一次过早的离去
和预示着全新的生活。
每一天我的家
都会在世界的帐篷下秘密地改变，
只有童年像蜂蜜一样
从不让任何事物在上面留有印记。

冯默谌 译

眼睛

——致瓦斯科·波帕

只要睁开一只眼——
地平线就在另一只闭着的眼中。

打开贝壳——
孤独将无处逃遁。

河床上的石头把时光饮尽，
死鱼游向太阳。

只要睁开一只眼。
世界是建筑工地上的一棵小树，
窗户是我们不确定的河流。

打开天空。

在手心里，我有一个家——
一间医院花园里的祈祷室。

冯默谌 译

当时间停止

我们是另一个时代的遗留。

那就是我不能说
家，或者死亡
或者命中注定痛苦的原因。

至今仍没有一个挖掘者发现
存在于我们之间的墙，
或者骨头里的寒冷
在所有时代的遗留中。

当时间停止，
我们将讨论真相
萤火虫将在我们的额头上
形成星座。

没有一位假先知
能预料到一个杯子的破裂
或者两只手掌的触碰——
两个伟大的真理，从
清水中流出。

我们是另一个时代的残留。
就像狼群，在永恒罪恶的视线里，
我们正撤退到
平淡的孤寂之景中。

冯默谌 译

我们显露时间

我们存在，当窗户
和秘密文件打开。
我们除去灰尘，而没有提到
死者和那些他们深爱的人们。
我们总是把我们的睡衣放在
行李箱的底部，
而我们的鞋子从不会碰面。
我们读那些曾经
隐藏了我们许多秘密的信件。
伸开两手，我们显露时间。
保持沉默，沉默，轻声细语地述说
比只活了一天的蝴蝶
被打断的梦更平常的事。

冯默谌 译

不属于我们的小镇

在陌生的小镇
我们的思絮平静地徘徊

像被遗忘的马戏团艺人的坟墓，
狗儿对着垃圾桶咆哮，雪花
飘落在它们之间。

在陌生的小镇，我们不被关注
像一个水晶天使，被锁在一个密封玻璃瓶里。
像第二次地震，只是
重组了那些已被摧毁的东西。

冯默谌 译

我们想要接触的事物

在我们之外，别无存在：

水库枯竭
当我们渴望
沉默，当荨麻
成为一种治疗的药草，城市
把尘土归还给最近的坟墓。

所有那些黑白之花
在被我们遗弃的房子的壁纸上
开放在冷漠的历史中
当我们的话
成为一份不可转让的遗产，
我们想要接触的事物
变成其他一些人的存在。

我们像一只鞋子，被叼在急跑的
流浪狗的嘴里带走。

我们相互拥抱
如穿过无人居住的房子的
空心砖的密线。

这种情形已持续很久——在我们
之外，别无存在：

有时候，我们相互称呼对方为
太阳，光，天使。

冯默谌 译

从我身上的每一处伤疤中

我是一个缺乏勇气向自己
乞求施舍的乞丐。
所有未完成的爱抚的
线条和伤口在我的手掌上交叉，
从我额头未测量的温度和
对爱的非法挖掘中。

从我身上的每道伤疤中
都有个真理浮现。

我和白昼
一起成长，消逝，无畏地跑向
起源的深处，
我周围的一切都在运动：
石头成为一座房子，
岩石——一粒沙子。

当我停止呼吸时
我的心依然在怦怦地跳动。

冯默谌 译

天空打开

我继承了一座没有编号的房子
和一些荒废的鸟巢
墙壁上的裂痕像一个恋人
热恋时激起的脉络。
风在这里沉睡
以及一些浓缩
缺席的词。现在是夏天
这里有一种被践踏了的百里香气息。
僧侣们数完了他们的念珠，
天空打开，形成一股清流
在我们的灵魂中。
树木青翠，我们无形，
只有这样它们才能被看到：
我们尚未出生的孩子
以及那些让天使们变得更纯净的
夜晚。

冯默谌 译

毁掉的家园

在废纸篓里，我看到你刷下了的
几绺头发，当鸟儿和世界醒来时。

在镜中，我看到一幅图画
在那里，有许多房屋和天空。
我看到你走向历史书中并不存在的城市。
你离开后，床把自己拆成为日夜，
白天变为黑夜，夜是个隐身之所。
我的眼里
没有太阳，我的手掌里也没有植物。
我要把栅栏掰弯，为了让那些夜行者
进入花园。我要用你脖子上的丝巾，
用那些见证了我们存在的领土上平静的旗帜来遮掩白日。
我们的电子邮件永远存在，
即使我们跑离那里，我们的地址也依然不变，
从我们自己，从我们先人依赖的辽阔里。
我看到别人写下我们的名字
在堡垒的墙壁上和白雪覆盖的教堂中。
我也看到你的影子，爬上我的身体
当你爬到被发现的避难所里
在一切战争结束之后。
从那后，每一块玻璃都让我失明，
每一个被拒绝的词语用沉默遮盖住我的眼。我看到。
我们毁掉的家园是一个移动的世界，
移动的记忆，移动的记忆。

冯默谌 译

时间之外

在清澈而辽阔的天空中
我们等待着观看我们
灵魂底片的轮廓

我们离时间很远

看，那些建筑物已沉睡在
年生植物
干枯的种子上，
风筝将尾巴
丢弃在我们的屋顶，
然后离去

我们已经在循环的日子里
生活多年，凭借
寒冷而欢乐的议程

我们的祖先长久以来都是
向每个路人的肩膀
屈身的雕像
但我们在时间之外
我们接受永恒，然后归还它，接受它
然后归还……

杨东伟 译

存在

穿上夜晚的太空服
将苹果切成两半
而不伤及种子。
停在安静的桥上
让你的影子飘走。

把你的手举过头顶
像一只水晶酒杯
等待第一滴雨
当无人飞机离开之时。
成为一个梦，一间阁楼，
包裹底部的芝麻种子，
路边的“鹿”标，
只有两个人知道的字母表——
你和那个并不信任你的人。
你独自一人，但并不孤独。
这样天空才能拥抱你
这样你才能拥抱孤独的大地。

杨东伟 译

醒悟

在短暂的拥抱中
我谈到永恒。
在羽毛之间
我们倚靠着昏睡的头。
风带给我们教堂钟声的召唤。
这是清晨。潮湿的空气
从高架桥下飘过，云
一触即溃散，建筑物在燕子的飞翔中。
雇工们乞求雨停，
树木放弃它们的叶子
所以天空变得更辽阔。

这个清晨你的双手柔软

柔软如苦杏仁的花瓣绽放。

在附近的教堂里
他们曾宣示几个世纪以来的爱
说它将活过我们。

杨东伟 译

这就是双手抱着你的人，让你旋转

/［俄罗斯］奥列霞·亚历山德罗夫娜·尼古拉耶娃 作 汪剑钊 译

奥列霞·亚历山德罗夫娜·尼古拉耶娃，诗人、小说家、随笔作家。现为高尔基文学院教授。1980年出版首部诗集《奇迹花园》，此后出版了《在冬天之船》《此地》《人的辩护》《世界之泉》等十余部诗集和多部散文随笔集。她的创作有强烈的形而上特征和宗教性，被称之为“来自彼岸之光”的创作。获得过法国格勒诺布尔城市文学奖（1990）、普希金文学奖（1998）、帕斯捷尔纳克诗歌奖（2002）、《旗》杂志文学奖（2003）、俄罗斯“诗人”奖（2006）、《新世界》杂志文学奖（2010）、全世界俄语作家“文化遗产奖”（2011）、“牧首”文学奖（2012）。现居莫斯科。2000年以后，曾主持电视节目“东正教文化基础”和“面对面交谈”栏目。她的作品已被译成法、英、西、意、德等外语。

密码书写法

太阳底下无新事。
——《传道书》

这就是双手抱着你的人，让你旋转，
仿佛你的生命进入陌生的语言，
不断重复含混的话语，看着口唇，
晃动着肩膀，转入呼喊：
“老头儿，是谁将你带进了深渊？
士兵，是谁将你推向了刺刀？”

倘若生命之书窸窣响动——词目表
与词典就会撒谎，而仆役就疲惫不堪，
注释者精疲力竭，努力去理解词语
在句子中的关系，句法、解释与功效。
少妇啊，是谁将你绑进结实的绳套？
是谁把勇敢的朋友拴在了羊角上？

生命之书你就这样端坐，辨识词的脚步，
当它们被书痴－速记员温柔的芦片写进书页，
当情感回归
自身，脱离那战争，脱离河岸，
茂密的深林被大火烘烤成焦炭：
被套在梦之黑信封中寄来的是什么？
来自下风口的白昼黄色信封里的是什么？

屋顶上的铁皮顶着暴雨为何如此轰响，
野蔷薇含着最后一抹嫣红的微笑，如此鲜艳，
那样的脸色，仿佛福音书
尚未撞上我们，
而传道者手握世界的钥匙？……

那么，请你告诉他：事情是这样的，太阳底下
一切都是新的！请让他转告自己的信徒。

英雄

似乎，这艘船自身已无法抵达那里，
船长受骗了。他狂饮了四个昼夜。
大副患了晕船症，困扰所有人。
黑暗中，一条巨鱼在桅杆上空飞翔。

全体船员变得神经质，被扯离船锚：
他们似乎已把天体图错当成七大洋的海图，
而今，如果还相信缓慢地冒泡的引航员，
他们就时而贴近黑洞，时而倚靠金勺。

唉，他们自己也顷刻忘掉，是谁租赁了
这艘白色的海船——被舵盘操纵着旋转，——
需要弄清楚是怎么回事，是谁的过错，
奥德修斯，伊阿宋，哥伦布，还是辛巴达？

鸟儿长着女人的脸，浮云就如同鲸鱼，
浪涛一波波奔涌，张开了大嘴。
但它们说的是希腊语还是西班牙语，都能懂，
反正一回事：英雄获救，海船将沉到海底。

……少年水手折腾了一整夜——如今已无法站立，
他号叫着很想活下去，却倒下就入睡，
站在装满无花果的口袋上自行飞向天空，
那里，他听到有人说："就这样成为英雄吧！"

他睁开眼睛，而风儿开始号啕大哭，
它对众人说道："兄弟们！是我掀起了风暴！

闪电瞄准了我的前囟，参与了月亮的密谋，
鲸鱼监守着我，旋风在我的身后激荡。

我躺在舱底的无花果上，在七大洋的海图上，
搅和进那些事务，在那些伤心事的争斗中，
赶紧召唤船长吧！让他知道！”有点醉醺醺，
沉入布满月光与星星的海之漩涡。

信件

旧信件和电报如果不曾被阅读，
我就无法惊醒被遗忘的赞美诗：
它们的发送人早已躺在某处，
在安详的长眠地。

每一个都安静、年轻和富有，
充满非人间的幻梦，
收信人瞪着一对大眼睛向内看，
又能作出怎样的答复？

……仿佛失明，你可怖的眼睛看着
内在的自我，那里人似乎还活着：
写信人、邮递员、天使——你只好
与他们一起高唱致命的歌曲！

仿佛一个盲者，你未卜先知的眼睛看着
内在的自我——一切会真实地返回：
只有你一人知道他们面临怎样的结局：
这个人会被杀死，那个她会跌伤。

这个人不再苏醒，而那个她会腐烂……
河流开始炽热地燃烧。

这个呢——得了癌症，人们认为是胸膜炎……
但信中的他们对此并不知晓！

你别去爬山，下海，钻篱笆！
花园凋敝，而城堡有点儿偏斜，
年迈的收信人因时间而黯然，
破衣烂衫，几乎无法辨认。

最好别再阅读这些信件，
热情将它们写下，含糊地——读取。
最好在隐秘的幻梦中飞向逝者，
驱散恐惧，抑制战栗。

当冰雪的东北方变得安静——
它降低了热情，也呼喊不应——
最好在逻各斯与星星的世界里
能够偶然遇见……

那里——有面貌变形了的城镇，
上帝的年龄——三十三岁，
年迈的收信人重新试穿，
仿佛是最后一件服装。

纽扣

我突然在草丛中发现一颗纽扣，
从一条白裙子上掉落——这粒可笑的
扣子从华美的袖口掉落，已经
有七年。那裙子已经不存在。
但是，扣子啊！夜莺的歌声多欢欣！
独自一个，在丁香的花丛边。
我穿着白裙子，悄悄地提示

《秘境》 曹悦 布面油画 80×60cm 2017 年

话语作为补充，随声进行伴唱……
挥动两只华美的衣袖，仿佛
一名乐队的指挥，——大概，
黑夜惊惶地跟踪，希望这些话语
既不会泄露秘密，也不虚伪地撒谎。
突然，因为嫉妒，我揪扯起绸裙
和这颗扣子——它因此而脱落……
黑夜消逝了，夜莺的歌声也沉默，
裙子被揉成一团，抛弃了……
杂乱无序的日子无比漫长：
时而下雨，时而落雪，时而有鸦群，时而空渺……
那么，赶紧把扣子钉上，钉上
这些褴褛如破衣的情感！

肉体与灵魂

莫非森林会折磨自己？花园会撕扯自己？
野狼会自我谴责，驼鹿——向火坑里蹦跳？
毒蛇是否会噬咬自己，吞吃自己的毒素？
苍鹭是否淹没自己？骏马是否会踩踏自己？

公牛是否顶撞自己？蜜蜂是否螫咬自己？
蟋蟀是否玩耍自己的双翅？老鼠是否会跳入水井？
唯有肉体你，不顾一切地抗辩意义，
唯有灵魂你，起来反抗太阳，你瞧！

正在成熟的葡萄会否召唤蝗虫前来？
熟透的麦子莫非会呼唤冰雹击打自己？
唯有肉体你——是自己灵魂的仇敌，
唯有灵魂你，会啄食自己的肝脏！

夜莺会携带愤怒，蜂群会携带自己的嫉妒？

树木会锯割自己？野獾会吮吸自己的脑汁？
唯有肉体你，在生命中喂养自己的死亡！
唯有灵魂你，在生命中突然变得僵死！

对话

灵魂来到世界面前，对它说道：
“你瞧，我非同寻常，多么出色！
周围一切因为我的美而焕发生机，
因为我和你的关系十分密切。
我的音乐在流淌，旷野在歌唱。
你的芸芸众生都在啜饮我的泉源。”

于是，世界就如此回答：
“你可没有什么非同寻常的地方，
你——不过是一切的之一：
我衣服上的一粒纽扣，餐盘上的一粒花生。
你与其他物质位于同一个序列：
恰似森林的一棵松树，花园的一株草。

于是，灵魂就这样说道：
“我体内蕴藏着伊甸园，狡猾的蛇与亚当，
我为你命名，也会给你取绰号。
世界，我有你从背面刺出花纹的历史。
不假思索，畅快地阅读。”

于是，世界就如此回答：“你——是一个讨饭的女人，
在台阶上搜捡五戈比的硬币，你的袋子
塞进那么多的破烂：童年时代的‘俅俅’‘哎哎’，
这些画面有着不可思议的名字：‘我爱，我爱。’”

灵魂说道：

“我啊太过富有了，我能够
控制各大海洋，只要坐在海岸上；
只要站在时日的洼地，也能旋转高山，
在峰顶我可以用天石建造一座城市。”

于是，世界如此回答：
“你的命运——是陵墓。
那里生长着苦茄、菜薹和白屈菜。
而死者就关闭在墓穴的黑暗中。
没有人能够尾随他们从那里回来！
没有人看见灵魂会围绕自己的
肉体徘徊，就像围绕自己的小孩一样。”

灵魂说道：
“不论怎样，——对造物主而言，我比一切都宝贵：
比你，我的世界，比其他的世界，比时代和世纪更宝贵，
比空间和时间都更宝贵，比文化更宝贵。
当人们重复相反的话儿——不过是回避！

……因为，我的世界，如同整个的你来自我的骨骼、我的血液，
你不要报告我消息，不要口授条令，不要抓我的手臂。
你不要允诺我小恩惠，不要给我小胸针，不要为谎言作解释，——
窸窸窣窣。
因为你借此而亮丽，借此而美好，
我的灵魂多么美好！”

“你最为赞赏的不是成品”

你最为赞赏的不是成品，
而是组织、成分和物质：
比石头更坚硬，比氦更轻盈，
比光线更加纤细。

你知道——我欣赏的是形式，
墨水写就的一支交响曲，
仿佛画家让自己的虚构
与山地的总谱变得更为亲近。

没有脸庞的老太太喜欢
那种柏拉图式的看法。
要知道，形象完整：她是美人
和缪斯，不折不扣的缪斯！

就这样列入天堂的名册。
精细的瓷器爆出裂纹，
毛皮磨损，影子蜷曲起来，
可谈话并非如此这般。

楼梯上人们遇见的是谁？
那不是老妇人——而是大肚子……
不，有人伸手抓住诱惑者，
伴随着音乐把她带进了花园！

秋天赞美诗

秋天，树木在述说，从灌木传向另一灌木：
给自己留下的只有自己，给自己留下简朴，
准备迎接贫穷，迎接孤独，迎接寒冷，
迎接圣诞节前的斋戒期……
树叶凋落，纽扣脱落，夜晚的风愈加凶狠。
你的一切将被剥夺——繁茂、青春、美，
请把你的胆气交出，毫不吝惜。

绳线悬挂，破衣烂衫，树冠中的漏孔，昨天

还那么茂密的树林露出一个缺口，
你不要心存侥幸，做好准备吧，时辰已到——
面对贫乏，面对失声的鸟儿，双手皲裂。
唯有让它们首尾呼应！清晨，已起了薄霜。
是的，但贫困也可以在小提琴上演奏！

树木是这么说的，灌木丛也是这么说的：
我们都拥有赞美诗，我们都拥有指尖。
在冬天里站立，仿佛在空荡荡的大厅。
音乐依稀可辨，韵律完全朴实无华：
瞧，我们把双手伸向你们——它们是空的，
我们交给你们一切，但你们什么都没带走！

（选自《诗刊》2018年4月号上半月刊“国际诗坛”栏目）

推荐

敬文东推荐诗人：杨政

/ 敬文东

在当今中国诗歌界，杨政显得很特别，很另类：他既有江南人勇于事功的特点（他祖籍扬州），又有蜀人散漫、戏谑，甚至不乏恬淡的道家个性（他成长并长期就学于四川江油和成都）。杨政少年得意，成名极早：20 啷当时，已是 1980 年代后期著名的校园诗人、“第三代诗人”中更为年轻的佼佼者，甚至是领潮者。因了个性，但也许更是因了时运，杨政甘愿长期蛰伏，基本上不曾在所谓的正规刊物上，发表过多少作品；却被少数高质量的读者暗中阅读，被他们暗自叹服。要知道，真正的钦佩或敬意，永远是私底下的事情。

和直观洞见着的古诗相比，新诗必达难达之情。所谓达难达之情，就是必须在难以表达中表达出难以被表达的东西——但愿这个绕口令一样的命题能得到各位看官的同情，或首肯。有了表达上相对简单的古典汉诗做参照，表达之难满可以被视作现代汉诗的标志性建筑。虽然乍看上去，这一点很隐蔽，很费解，却又是一个不言而喻的事实，只因为现代经验较之于古典汉诗面对的农耕经验，本来就要含混、复杂、晦涩得多——它需要更多的关节作为转渡的工具。新诗原本就是为古典汉诗没有能力表达的现代经验而设，自有其逻辑上的必然性。达难达之情乃新诗的根本内涵；而之所以可以冒险说诗的最高定义，乃是心甘情愿地不为俗人俗世所知，除了德性方面的考虑，就是因为达难达之情从一开始就拒绝了俗人俗世，强化了自己的隐在谱系的无名身位。杨政的许多诗篇堪称达难达之情的杰作，这在他的《苍蝇》中有酣畅淋漓的体现。这里不妨以之为个案，来管窥杨政诗作的一般情形。

负责任的读者当不难发现，面对作为现代诗学问题的表达之难，《苍蝇》试图战而胜之。虽然失败是命定的，但正是在对宿命性失败的主动追求中，既听命了表达之难，也罢黜了各种形式的表达之易，最终维护了新诗的现代性。面对作为诗歌主题的表达之难，《苍蝇》则所向披靡，大有破虏平蛮、不打败敌手势不收兵的架势，酣畅淋漓，气势如虹。通过前者，《苍蝇》诉说了现代性的复杂程度，道及了现代性自有表达上的不可能性暗藏其间；透过后者，《苍蝇》想告诉它的读者，必须将表达之难列为现代诗学的头号主题，方能在现代性的不可表达性面前，采取谦恭，但又决不放弃抵抗与试图征服的姿态，为此，《苍蝇》不惜将表达之难冒险作为自己的主题，并将之推衍得饱满、酣畅，而有力。

《苍蝇》体现了这样一种现代性：它不仅不意味着非此即彼，而且不只意味着“既……又”，还反对“既……又”，不信任“既……又”，但最终，又不得不宿命性地求助于“既……又”。表达之难无论作为诗学问题，还是作为《苍蝇》的主题，其难与不难，其不可解决与可以得到解决，都存乎于对“既……又”如此这般的欲说还休之中——对“夏天”的可说与不可说，虽然只是一个也许碰巧而来的小例证，却既内在于《苍蝇》，以至于成全了《苍蝇》，又并非不足为训。如今，新诗在无数人笔下，已经悄然远离了人们对它寄予的希望，不负责任地放弃了自己的义务，走向一种“玩票”式的状态，各种表达之易因此恣意横行，丑态百出，惹人笑话，大大败坏了新诗的名节。《苍蝇》是否意在警告这些状态、这些人呢？但即便如此，又“岂可得乎”？

杨政诗选

1911 年，春天记事

别以为披上繁花的道袍，驱动人造的
被削尖的元音，凌驾于乌合的天籁
就配摘下那枝神圣的辣椒，舌尖上
嗜睡的祖国，迟日里吸紧欲滴的翠色
江山如画，悠远的燕子还在梳剪田畴
皮影般溜滑出卦师、会党、异乡人
风声倏忽间骤紧，马蹄绷满弦外之音
从驿路到河湖，枪声如鼓，人头滚落
死，正襟危坐，急需腥臊的血来浇筑它
沸腾的边界，咒水的魂魄还绑着故国？
一只蜣螂在粪团上登基，它傲物庄严
用翻滚来欢呼苦心孤诣的胜利，事物
沉湎于虚胖的倾向性，幻觉捏造现实
人群灌满黑暗，不，人们本身就是黑暗
扬弃过后，荒芜，一败涂地的庇护所
收纳着星光，无根的花萼托影于空洞
沉默却忽然轰响，像激起耳鸣的更深的
沉默，一列寸断的火车已撞向黎明之门

骑驴者唱：今春又看过，何日是归年？

戊戌年三月（2018.5.1）

公元1911年，农历辛亥年，宣统三年。是年春，72名青年喋血于广州黄花岗，5月清廷宣布铁路收归国有，民怨沸腾，长沙万人集会，保路风云遽起，四川成立保路同志会，动荡尤烈，遍地兵燹，川人保路风潮终致秋日武昌枪响，老朽帝国迅即倾覆。推翻清廷盖由湘川鄂嗜辣三省因铁路而接力死磕，厥告功成，故诗中有“神圣的辣椒”和“寸断的火车”之说。

殡

那人，比白昼更白的那人
正走在送葬队列的后面

山丘杂乱且突兀，像一屉
焦苦的馒头，引来了
乌云那只汗渍斑斑的胖手

杂草丛中拣起一段废铁轨
依旧保持向远方作的最后努力
而扔出时的闷响令他警惕

为何满地鸦片花儿
茫然无措地昂起绯红的小脸
仿佛说：“在这个多病的春天里”

那人，比白昼更白的那人
却成为我们一天中最浓重的
黑暗，快去铁镐下面安身

1991年5月 泉州

作于福建省泉州市。时作者暂居泉州，街间郊道，常见送葬队伍，闽南尚鬼神而重礼祀，出殡时前举神牌，后有草龙，鞭炮齐鸣，锣鼓喧天，亲者披麻戴孝以白绫牵引灵柩，队列蜿蜒绵长。

第十二夜

第一夜，风渐渐紧了，鸦影飘满四野
漆黑的孩子，用哭声搜刮大地的膏腴
第二夜，一束无来由的光，猩猩般蹿跳
白昼，漂浮在微茫上一座孤独的白房子
旋生旋灭的泡沫城池，今生忽已成往事
那是谁在叹春，恁将深情浇酹一沟碎月？
第三夜，他终于窥破了你宛若异乡的脸

第四夜囊括全部，除了那只倒悬的死鸟
它窸窣着，像上帝撇给世界的一个讪笑
色情的第五夜，时钟的如簧巧舌还在舔
一把勃起的琵琶，鸡胸君扪到身上的妙处
这时第六夜的花苞，偷偷伸出葱白的纤指：
别急着碰我，别急着打开你娉婷的末路

只要紧闭双眼，对于我，它便算不上存在
这是空空如也的第七夜，流出去的钱财
吃下的盐、辜负或憨痴，早被遗忘先生
随手发落到某处荒凉地，像个蹩脚的魔术师？
至少我从不留意，视线外那些络绎的邮递员

第八夜，踩着大地的凹凸，浓雾之子来了！
解开万事万物的罗裳吧，事物本就是衣裳
如果抹平疑窦与界限，如果我们赤裸着
并集体吞灰，你还会再为一次钟情哭泣吗？

第九夜摇身变作第十夜，每面镜子里都住个
一模一样的巫女，当碎裂声如喷泉般绽放
她们尖叫，这些赖在我身上清凉如水的家伙

第十一夜，吹瘦自己的风，却吹肿了世界
好死不如赖活着，粪香就是道路，抖擞辽阔

第十二夜，宿醉揪着他，呕出心中灿烂的侏儒

2014.9.2 成都

哈姆雷特（生与死的独白）

如若夜莺啼啭的月只是一堆灰
如若傻傻的奥菲莉娅死了我的死
而我还须一死，多么虚幻的真实
命运就是你是你，但现在还不是

对于活，活一天不如说死掉一天
对于死，死从活的第一天便开始死
这些牵连的轻盈的对立面，仿佛
黑夜踮起脚尖悄悄逃开滚烫的自己

那个絮叨的魂魄，他正活着他的死
又来叮咛后死者刻不容缓的救急
复仇像个焦煳的空影，等待我去附体
生存还是毁灭，仍是值得探究的问题

我究竟要杀死生，还是杀死死？
既然把我镶进了那个死结局，那么
让我的死暂且逗留在我的生里

2010.9.27　北京

海岛之夜

——海坛，东海岛名

白色的夜，飞过白色的海洋
从她宽大的袍袖间抖落
一枚蓬松的月亮，那柔弱的
芒刺，却将蛰伏的脸儿刺伤

引颈向上，朝着光亮的前额
和更高的海浪，盘旋吧！
上升吧！用尖锐的三角形
脑壳，将迷蒙的月色撞响

海坛，今夜的我，仅仅只是
一只贝壳肚肠间压弯的哭声
怎被你惊悚的双耳误认作
白银？从滞胀的眼睑中跃起

今夜那空想的天穹，海坛
在白蜡堆砌的浪尖兀坐
我是被鱼腹照亮的黑暗的咒语
却被你涂满白沫的嘴唇吹灭

1996年2月 福建平潭

酒

——知我者谓我心忧，不知我者谓我何求

我的昨日之躯已化为醴渣，我加入我时正把他抛下
我在远方喂我，却有另一个更孤峭的我等在更远处

存在飘渺得像个空舞，我像热顶着一朵不确定的火
那个空舞盛装过灿烂的血肉，虚月照临，各样翩跹
废墟般摊开内热的心，于此潴留的只是无尽的穿梭

幽深里，我像极了我，在明灭的姿影面前丧魂落魄
我活过吗？活在了仙乡何处？这绝壁般孤悬的流水
正摆渡着风声鹤唳，时间背后，万物相拥于一张纸
我满噙所有的破碎，幽魂一样饮下落花流水的自己
血脉中遽立起万古月光，向我击出它嵯峨的流星锤

2014.4.30 北京

傀儡之歌

小玩意儿，跳过又闹
刚扮侏儒，又演长老

仿佛这根粗笨的绳索
束缚了你淘气的自我

是我整天冥想苦思
费心雕刻和琢磨

给你个活泼的人样
外加粒小小的头脑

里面装进空洞的知识
一些佝偻，一些狂躁

教会你天大的戏法
跳高、鞠躬和演说

当年我也眉目如画
一曲红绡不知数

时代需要翻新的把戏
师傅放我世上为人

从此开始烦心的劳作
既为名誉，又为财物

怎比这块俏皮的木头
红裳绿袄，算盘大刀

乖乖，你若突出了自我
岂能不拘一格地生活？

理想国

那是一个被黄金铭镌的年代
破晓时分，万物娇娆地显形
半鸟的翼手拂过内热的汪洋
初鱼，万箭攒向缭乱的云天

星野下兽影隳突，人，脱立
新生或垂死的世代，都翘首
向天，神比造物漂亮，也更
幽晦，我们只是大地的涂鸦？

果子应声破裂！陌生人揪着
我坠进空白之词，你，敞开
穿上肺热的阴影，继续等我
事物，被无限地细分为两面

神，呵气如兰，总不厌倦吗？
永生是一种绝症，便捏造出
众生，嘘入必然性和炎炎的
内心，别当真，充气娃娃们

残月勾描哓喋国，玩偶翩跹
肚脐在悄语某颗飞行的头颅
一只火红的狐蝠，睁开隔世
之眼，恶，才是完美无缺的！

这唯一的马达，推动了天演
深渊放射五彩弧光，对立面
托起万物，人，裹着尸骨袋
星辰如泪迸溅，坠向无所在

乌云的底片，麟龙关山夺路
却被一声鹤唳遏止在万里外
事物，残骸般架烤着何所有
无岸之河，漂满时间的枷笼

鎏光的父亲来了！芒鞋踏遍
青峰，手指向光，善的彼岸
云霾修辞般翕张卷舒，遮罩
丰腴的理想国，嘿，弥赛亚[1]

铁锤中的铁锤，未来的胖子
嶙峋地披挂在激越的青春期
竹伞缄默，地平线迫不及待
泄露风暴的凶兆，万有引力

[1] 弥赛亚来自于希伯来文（moshiahch），与希腊语词基督（christos）同义，直译为受膏者，意指受上帝指派，来拯救世人的救主。

笼罩一切，火，末途上扭望
来时路，尽是抱火而眠的灰
歧舌、贯胸、交胫、无肝肠[1]
万物为刍狗，人，谁的枰秤？

事物也是汗淖，沉湎于孤茕
恶，如此纯粹，只能酿造恶
人是另一种东西，总在辨别
总急于说服那颗砧板上的心

自由，多像一个娇憨的姑娘
头顶三尺的祖国空忍着花蕾
清秋大地，走过满血的圣杯
铁砧边上，燕子衔来新世界

2016

你的脸

你的脸，我不期而遇的命运，你已不在那回廊影下
恰好，一片云岫给西岭拢上珠幔，锦水已滑腻如丝
我们急于触摸远黛幽翠，像另一番游荡，须止于至善
我仿佛爱上，却忽然在一个空句中跌入漂泊无依
群鸟倏然飞散，光阴里，孩子们裸露着粉嫩的器官
我知道，你迷离失色的脸，不是姿态而将是路途
多少次我描画这张脸，记忆中，它像漂移的空洞
它没有肌肤，（“因为，我未曾决定接受你的抚爱”）
没有骨骼，（“我要保持某种空灵来颀颉你的多变”）
也辨不清容颜，（“你过于纯真的逼视是不洁的！”）
它敞开，朝向光亮处，牵引着我想象中流光的躯体
它又闭合了，用幽暗束缚住流水，阐释者却忙于遮蔽

[1] 歧舌国、贯胸国、交胫国、无肠国均见《山海经·大荒南经》。

它甚至是更多的脸，挤满濒死者那最炽热的一秒！
仿佛意识形态的景观，归家的舷窗外渐次幻灭的灯火
而今夜，你的脸，终于疤痕般拔擢于，临照着我们
肉体的衰朽之途，啊，穿上红舞鞋的肿胀的逝者们！
为否定而肯定，为徒劳而抗拒……真有你暗示的崇高？

如果

——献给未来

1

她手拈一朵叫如果的花，比娇艳欲滴还多些料峭
"请收下，"她说，"梦的滑翔伞需要现实的落脚点"
昨晚我俩在星星下跳舞，我能嗅到她空杳的气息
她的眼眸溜过匆忙云翳，这些天上濡湿的密语者：
"如果连如果也无药可救，不可原谅的只能是如果"
"嘭！"赌气的窒郁爆翻了现实的啤酒瓶，泡沫
呕吐一地，花明月暗，走向反面难免不带股戾气
不如跳舞，搭着暗夜腻滑腰肢，发鬓别着那朵如果

2

岁月妖娆，鼻尖的小雨滴，犁着苦心孤诣的单行道
载蠕载袅的云端谁用假嗓子尖叫：浮云啊，浮云！
风在一旁抽丝剥茧，喏，总要有个破音来暗示完美
"有一个更深情的我就在不远处。"她的神情幽眇
指尖描摹着她的空脸，"空缺让如果变得更加扑朔"
远远抛进时间洪荒的钓饵，忽被一个暗影腾身咬住
那是？乌有之乌有？究竟想崩灭现实还是影射虚无？
不如跳舞，紧贴暗夜猩红肌肤，悄悄撇下那朵如果

2012.8.26 北京

上海之歌

我们在浦东的观景台上瞭望记忆，外滩
冷不丁来个白鹤亮翅，一朵行云即刻旋翻
在环球金融中心上空，像谁抛给未来一顶
藏私的帽子，每个昂脸的消逝者都在嘀咕
是否，云端上的我，是自己长不大的儿子？

“看不见从前的样子了”，小胡的嗫嚅随即
被江风剪径，“侬还记得那个夜晚吗？ 1974”
远远绕开的彗星，曳着幻灭在某个幽深里
狡黠地闪着，我像被个尖锐的阴险狠狠螫了
好假的真痛啊！ 1974？我果真就在大上海？

我说的，是被眼下这个壮阔的胖子替换的
那个干部，正襟危坐，戴着万有引力之镣
背景里零落着暮云的抽屉，被掏尽的天光
无力地流泻，气数还在消耗着隐身的狐狸
南京路上卡车张牙舞爪，咚咚锵掀翻新天地

弄堂拒绝了人民广场，此刻它被哭声灌满！
透过门缝，缳索垂梁，老妪怀中冰冷的女儿
幽灵鸟迅疾掠过！天空，巨大的黄色琥珀
死亡像一只苍蝇，在所有方向上寻找缺口
我心神呆滞，看见小胡雏菊般摇曳的小脸

“侬，喜欢穿小军装，会唱杨子荣打虎上山
我问侬，那辰光我对侬尕好，侬做啥欺负我？”
真相总荒诞不经，血统与标签的食物链里
姓胡的都是猪头三，你家有胡传魁和胡汉三
小胡咯咯喘笑：风水轮流转，如今到我家了

那个夜晚胀满热风，小胡听我讲蜀山和火车
然后吮着小手指，想她和我匪夷所思的未来
上海，却在悄悄漂移，向着深淼的星光之途
我们注定会偷渡到另一个自己，留下漂亮的
表姐在崇明岛哭泣，她怀上了计划外的八月

2015.8.20 北京

午夜的乒乓球

钟鸣后，我出现，龋齿般清脆
叮咚着弦外之音，暗夜之门敞开

道路即命运，寂静鼠须般惊惕
星河倒悬，嘿，时空那浩大迷宫！

抿着乌云的巧克力，信手击出
呯嘭，呯嘭！自外于我的声音

像执拗的牙髓病，痛才是本质
挂在时间上，各种对立统一的肉

往者不可追，哎，何必步步紧逼
我总慢上一步，好吞我失血的命

呯嘭，呯嘭！多么绚烂的多样性
可沉默的辩证法说：是，总是非

梦一路落荒，蹑立在别的梦里滴汗
痛吗，梦中人，为何连痛也不痛？

我还活着吗，我可不算厌世者
大地啊，我是大地唯一的悲秋者！

呼嘭，呼嘭！谁是执着的击球手
暗夜煽它的小情绪，未来的火灾

还在桃花源，小心酝酿更稠的糖心
鹰眼下，翩跹着丰腴的大地牧歌

呼嘭，呼嘭！肥胖而纯洁的旋转
越沉重就越充盈，这不伦的眩晕！

憋着矛盾律，我从没多长一片肉，
加速度，令我在酸甜苦辣里失重

呼嘭，呼嘭！别喂我吃虚无的伴奏
去！宁可死，别让我一路呕吐

2013.6.1 北京

忆南京

喇叭、细作、孤儿子、风中的碎纸片
那是我唯一的城垣，松滑、不切实际
仿佛为记忆所生，瓦砾上摇晃的野雏菊
噙着不属于它的露滴，那是我的，有关
未来的玄机，一天比一天沁暗了月影

1990 年，卫岗，81 路车吐出春天和我
还不够吗，都还在呼吸，生活在前进
归鸿声断残云碧——子虚君还在吊假嗓
小柏老师说，这些内心的小声音，至多

把斑鸠变鸽子，不如到废诗里砥砺天气

于是，农大楼顶，一席酒直接摆到末世
钱谦益扪着侯公子的背，贤弟，且望气
时局是一把乱牌，这草长莺飞的江南啊
农时稼穑祭祀方是天，觑不破就是死门
金陵黯淡，残照里，瞧钟山泣血的死样

吃！打横作陪的体育老师，夹来素鸡
今晚我睡他的铺，他漏夜奔赴某个密约
我总狐疑，他是来自小柏诗中的人造人
夕光将他隆起的臂膀与远山勾成重峦
这是那年最硬也最软的景象，我的俊友

望气？而我正望见骨头缝里刮起的风暴
摇撼四肢百骸的空痛，沦为时间的痼疾
当暮云退无可退，风真会念动它的魔咒？
且看他们挤在一隅，挖坑，填土，焚迹
牧斋，吃酒！失色的江山正好用来颓废

小柏长亭相送。一切皆遥远，小心烛火
此书信两封，万不得已去投少秋、世平
分秒都是现场，时代需要叙事而非抒情
变生肘腋最恨环佩空归，活着，活下去！
禄口机场，不知所终的航班，开始登机

2014.9.27 北京

致朱丽叶

这些迷乱来自夏夜纷扰的流萤，撩动迷迭香那轻盈的神经质
我正巧瞥见更像你的你，蹙着眉，嗅刚在露珠中还魂的丹桂

维罗纳像神醉生梦死的假面，而我是他嘴角飘过的某个揶揄
平原一无是处地匍匐在月亮下方，远处奔来肝脑涂地的马驹
朱丽叶，在你美不胜收的花窗下，我啊，我已变得多么像我

我但愿是你的飞鸟！那个越来越陌生，越来越尖锐的小东西
它脱开我刺向绯红的天际，乱云遮蔽的星辰是神难言的宿疾
看，这个被判死的人，他爱着，爱上了爱，爱上爱你的自己
朝向你的双手，像被月光憋痛的蔷薇，请紧握这朵灼热的灰
朱丽叶，你的花窗是神的行刑地，奋身跃入异香飘摇的宿命

2011.10 意大利锡耶纳

2012.5 北京

重庆之歌

——给麦城

重庆悠悠如一滴宿泪，孤悬在梦中
可一滴流干了自己的泪，还是泪吗？
它在某只恶枭的枯眼里，闪着幽光
一座高烧不退的城池，却一路落荒

拿我一生换谁一生？密不透缝的夜
在耳畔逶迤的暗语，星光羁縻于途
那滴未来之泪还挂在少女的睫毛上
憧憬牺牲，这小朵乌云滚烫又冰凉

啊，山高水长的道路，颠仆着青春
满载虚热与讴歌，谁曾经命名我们
把我们从万千肺腑中掏出，并交给
尘埃、肿痛与远方，道路剪开大地

攀登，无止歇地攀登！可前途茫昧

成长像件果肉衣裳，紧裹胎热的核
在上上下下间咀嚼生命的苦乐悲欢
人们交换腔调与创痛，学会了敬礼

起风了，我们的瞭望落满云的絮影
事物套着自身的裹尸布，悄然腐变
只有乔装的对立统一，发痒的客体
互相触痛，人群中闪过刺客与道士

干燥是唯一的哲学，胃出血的黄昏
火车发神经地嘶吼，甩出的断肠人
怀抱不愈的热病，他们唱着，跳着
濡湿的车站，到处是燃烧的氧化物

挽起裤腿的先知，在天上脚踏祥云
革命，献身，一路开往美丽的异乡！
那滴未来之泪顺着少女的脸颊滚落
可是，可是那个等在哪儿的永远呢？

2015.4.15 北京

走马谣

野花追逐着野花，河水向河水流淌
为找一片无主之地，打马走过乌兰布统

在远方眺望远方，八月还在八月的前方
所有尽头的尽头，火柴头倏然划亮天堂

西天的铁匠铺，还在锻打那把收割的弯镰
不停疯长的夏天，风翻卷起马蹄和碎月

鸟群箭矢般射出，宿命的标靶并不在云上
越来越瘦的天空，云正握着云的橡皮擦

云擦掉云，八月擦掉八月，结局擦掉结局
在一切风景中，擦不掉的远比擦掉的荒凉

被追逐的野花，也在追逐它妄想的天涯
曲折的希拉沐沦河日夜把乌有之歌传唱

河水送别了河水，野花将野花埋葬
为找一片无主之地，打马走过乌兰布统

2010.8.25 北京

一行推荐诗人：施茂盛

/ 一行

在考虑一位诗人的写作时，我特别看重其驾驭不同诗歌类型的能力，这首先体现为在诗歌形制上进行变化的多样性。一般来说，如果一首诗主要采用短行、短句以及由细部的停顿、切换形成的短语，那么诗人展示的就是在微缩空间进行腾挪闪躲的诸多小技巧，是其语言轻功的灵活和巧劲；但如果一首诗主要由长行和长句构成，则考验诗人气息的绵长及其语言肺叶的宽阔度。诗歌形制的变化，还体现在诗的语义－逻辑构成方面。如果一首诗主要依靠语义－逻辑的断裂、跳跃来形成其章法，那么它的诗性是偏于“玄虚”的，其好处是语义空间复杂度的上升，但这样的诗篇幅不能太长（一般在二十行内完成），一长难免会露出破绽。另一种构成方式是形塑诗歌“坚实感”的语义－逻辑的连贯性，这种连贯性的根据是作为诗歌内核的情感或事件的聚集力量，围绕着这一内核，诗歌形成了其绵密、厚实的纹与肉。带有伦理意味的经典抒情诗和叙事诗，多以后一种构成方式为主，而道家和禅宗诗歌则以前一种为主。在《命运》《古典教育》《孤鸟》等诗作中，我们看到的主要是施茂盛诗歌中“虚”的一面，这种“虚”与短行、短句、停顿、跳跃和频繁切换相伴生。而《边境线上》《身体之诗》《宇宙》等诗作，则可以体现施茂盛诗歌中较“实”的一面，在这些诗中，他多用较长的行、句来进行绵密、连贯的叙述，其中的诗性逻辑也是连续和贯注性的，由此生成的诗歌品质偏向于结实和宽厚。“虚”的诗性在初读之时当然是极为抓人的，但“实”的诗性则更耐读、更有嚼头。此外，《边境线上》如何进行语调和节奏的控制，如何将低回的情绪缓慢、有分寸地渗入叙述；《身体之诗》如何在观念演绎中吸纳自然物象，并在最后进行朝向“神”的无所畏惧的一跃；《宇宙》如何呈现秩序之前、之下的暗流或处在动态之中的各种潜能，并通过暗示、含蓄的笔触将这些不同的潜能带到语言之中——这些具体、细致又有结构意义的技艺，都值得我们品味。

施茂盛诗选

边境线上

在漫长的边境线，我们足足走了三天三夜。
穿过潮湿闷热的丛林，穿过一大片半枯的沼泽地，
来到这块幽谷深处的坡地。落暮下，
我们驻足，远眺那即将沉入冥暗的世界。

侧旁陡峭的山崖伸出巨大的穹顶，
倒映出我们徘徊不前的身影。
仿佛三座锈迹斑斑的铁锚，焊住淡漠的乌云。
我们发现，静谧似绕身的煦风，已是如此触手可及。

而我们却太过疲惫，各自头枕肮脏不堪的挎包，
躺身一小块草坡，嚼着随手摘来的草茎，
直至满嘴流出汁液。不远处，一群秋鹳在
灌木丛畔踟蹰，像几多乡愁进入宽阔的画面。

我们：我、瑞恩和肖，三位南方军下等兵，
沿着漫长的边境线，足足走了三天三夜。
我们身体内都有一个死者，我们带着他们回家。
回到那星子高坠的故乡，炊烟下的麒麟镇。

炊烟下的麒麟镇，教堂安详、高耸，
却让每一位爱它的人不知所措。
我看见母亲牵着我家小羊羔，在石凳上默诵祷告。

聚集钟楼的鹧鸪，每一只都有个温暖的名字。

雨开始骤然而下。松脆的岩壁上
雨珠发出“嗞嗞”的声音。
我们酣然入睡；又在这“嗞嗞”雨声中惊觉醒来，
仿佛重新置身最近的一次战事。

我、瑞恩和肖，三位南方军下等兵，在漆黑的
边境线上，继续前进。雨仍在稀松地下着，
天上的星辰也都浇灭了。而我们，曾在它们的指引下
一路向南，沿途用凌霄花插满我们冰冷的枪管。

夜色里，瑞恩和肖轻轻唱着：“你不需要死去。
如若死去，你也死得其所。”我听见母亲也在如此祷告。
而这是瑞恩和肖的母亲写给他们信中的祝福。
他们俩是一对孪生兄弟，是我麒麟镇从小的玩伴。

命运

空寂的庭院某处，埋着干涸的闪电。
雷霆在天边外，栅栏上却有它的踪迹。
早晨，一群粗糙的星子列队经过，
它们汇入更大的虚空，组成宇宙最初的模型。
而赤练的光还未命名，万物凭空守恒着。
当雨水从枝头退去，乌鸦替神发出第一声啼鸣，
锃亮的青冈、矿山和新村便从它们的源头涌来。
这浩渺的变数令抵案而眠的我在我之外颤抖，
像一位古代烈士看着它们在一首纯诗中徐徐展开。
世界运行到此，在它结束之前完成了它的意志。
我此刻正坠向它的银河，和它一起随波逐流。
这重新拥有的命运呵，用宽慰，静静地吹拂我。

《静一水》

曹悦

布面油画

60 × 80cm

2015 年

宇宙

在我静立的一刻，一颗宇宙运行到此。
它以和我的呼吸均等的速度，从天际运行到此。
它几乎与一首行将结束的诗同时抵达。
这颗宇宙抵达这里所经过的路径迂回而曲折。
在这首诗中，它通常也被叫作迷途；
有时它是这首诗本身，而有时它仅仅是它自己。
这颗宇宙运行到此，有着令人敬畏的规律。
这规律气息迷人，胜似万千思虑。
而在我静立的一刻，它又是我万千思虑照彻的一切，
无所分别，无所限制，宛若时间赋予这首诗
以新的源头。对于一首诗而言，这源头是问题
而不是路径，是轮廓而不是长廊——如若这颗宇宙
无时无刻都存有伟大的善意，那它还是天使身上
沾染了魔鬼，是结束注入开始原初的动力。
为了附于其体，我受它引导，追随它。如星辰
追随黑夜一样追随它，直至完全虚空。
我愿这虚空拥抱我，愿这吹拂的黑夜拥抱我。
在万千思虑聚于我静立的一刻，这颗宇宙运行到此。
然后，它开始繁衍。它怂恿一首诗也跟着它一起繁衍，
向着日月，向着大海，向着孤独这个词。这个被
万千思虑包裹的孤独的词，在我静立的一刻，
一点点将宇宙恢复至它早期的模样。
它从它的摇篮开始，运行至少年和青年。
它的少年见证了奇迹，青年则长出了犄角。
而它的中年混沌一片，老年却仍在继续克服，
以蜕变从自己身上摆脱，直至重新成为它自己。
现在，它多么安宁，悬浮着。当它溢出
自己的边界，它将融入无数个宇宙。
在我静立的一刻，无数个宇宙同时抵达，

它们印证了一首诗是可以无限循环、无限轮回的。
仿佛我的万千思虑，让我深陷其中，积重难返。

古典教育

父亲死那年，棚架上露珠崩溃
渐枯的瓜叶沾满污渍

作为死者，他活着的这些年
是代我们在一个个困境里活着

开春时，我在父亲坟头
与落日良久对坐
幽绿的荠菜源源不断涌来它黏稠的汁液
我一饮而尽
我嗅到它从地下带来的腥味

而落日仍将不断填补我的饥饿
仿佛舌头蒙受着
那忧心忡忡的古典教育

我吞咽这些煮烂的荠菜
犹如吞咽
父亲死后还一直活着的那部分

如果它是这个秋天棚架上崩溃的露珠
我则是从棚架上
摘下送去杀生的苦瓜——

所有困境都将是同一个困境
而所有人的困境
也都是我独自的困境

——这蒙难的古典教育，是多么的苦呵！

身体之诗

我希望有一首诗，它完全来自我的身体，完全由
我的身体驱使、奴役和支配。或者也可以这么说，
它完全是我身体产下的卵，我身体孵化的小雏。
它有不折不扣疼的齿痕，有彻底扎向胃囊的钢针，
有凿开骨头的泉涌，有逼上绝路的情欲的呢喃。
如果它的每个词语沾满厌倦，那是因为我的身体
在厌倦。如果它需要某个忧郁的词语做它的眸子，
那它眸子里的忧郁，便是我身体的忧郁。它的
喜怒无常，完全与我的身体一致。夜深人静时，
它躺在一张皱褶的纸上，枕畔那细浪似的蟋蟀声，
是我的身体在冰冷的黑暗里窸窣。甚至早晨起来，
它仍保留着秋梦的温度，那也是我欢爱的身体
来不及消散的温度。有一年春天，我携带着它
去远游。我看见它所描绘的沸腾的青冈与群峰，
也正是我身体刚刚拱出的青冈与群峰。有时候，
它对生活过于琐碎的日常感到迷茫，而那迷茫，
也正是我身体的迷茫；就像它对生活的种种偏见，
恰恰也是我的身体被生活一再煎熬才有的偏见。
哦偏见，我在人生的中途，曾与它有过热烈探讨：
它把它当作难得的诗意，我却视之为中年的哲学。
其实它们并无不同。就像一首诗，如果它完全
来自我的身体，它的诗意，也就是我身体的哲学。
我希望有这样一首诗，某日突然从我的身体出现，
它长着一副厄运般的深喉，生就一张逸情似的脸。
它的身体，就是我的身体。这既是一截浪荡子的
身体，也是一具朴素、敬神又一无所惧的身体。

孤鸟

献给我热爱的诗人张枣

一

我醒来。我轻唤你：孤鸟。
为何要轻唤你孤鸟，在语言的泡沫里？
在逐渐醒来的语言的
泡沫里，聊以自慰的柳枝初长成。

二

——长成清心，长成寡欲。
长成人心出挑的玉麒麟，
躲进叼来的灯笼里，缩着身子吟哦。
唱：天地三寸远，冷暖尽自知。

三

我从一个词的饮泣处
开始悉心饲养它，
直至它的内心有了妥帖的勾爪。
直至它从三千诗篇的余烬中呼之欲出。

四

我连夜将它推敲。在止语的
霎间，它恢复它的孤鸟身。
偶尔它是裂帛中患了绝症的艾吕雅；
偶尔是蹉跎，偶尔又是葱茏。

五

柳荫下，它的私密饱满如源头。
但不必赞美。在它的侧影里，
一座孤坟饱满如源头，

它累积的死亡涂抹语言加重的阴影。

六

只为眼瞳漫进了曼妙的哀叹，
它欲去除每一根羽毛的修辞之恶。
它回到最初，停留在最终。
仿佛加冕的瞬间，和修身的恒远。

七

它如少年游，单薄而腥味。
颚下新生的肉瘤——
呵，请允许它储存更多，
在它从自身的倒影中紧张地沾上眩晕时。

八

它是向南，还是向北？
这意外的虚无之旅，
唯有它不记得披覆的肺腑向何处吹拂，
不记得披覆的黄昏向何处吹拂。

九

银子木屑般跃出它的嗅觉，
突然的倦意像极了美学。
经过它的每个词皆在云泥间响作一片，
如引领它的铃铛响作一片。

十

它临摹风形，脱掉自己，
于云端幻化为一颗高蹈的灵魂。
这热烈的飞扬胜过
良景中即将落幕的盛宴。

十一

黑夜从地心涌起，它身上的
余温有着决绝的味道。
仿佛一首诗多余的那部分，
虽难以割舍，但终将付之一炬。

十二

荒草丛，它是它自己的肉身。
是肉身筑的佛塔。是佛塔
遥相呼应的一轮明月。
是明月照见的舍利，是舍利的荣耀。

十三

可我为何仍要轻唤它孤鸟？
语言之外，无以款待。
但它却跃然而起，自所有完成的书卷，
携带它的血浆、真气和元精。

十四

此刻，柳丝披头散发沸腾，
耳底吟哦的这孤鸟也已飞过巍巍群山。
群山灰檐高啄似屋宇，
而它仍是我曾遇见的那只。

十五

呵，孤鸟。你俯瞰——
世界隐匿，如春秋来信般杳然。
你心如暮鼓[1]，
身体内涌满潮水。

---

[1] 见张枣《大地之歌》。

十六

在逐渐醒来的语言的
泡沫里，孤鸟，你终将有一鸣！
用全部心灵君临，
脆弱，腼腆，却满怀眷顾。

十七

浩渺的虚无之躯君临。
那降下的翅膀，
仿佛已出落成另一对精灵，
在时光和时光所描摹的万物中。

十八

而万物被爱经过。
大海在抵达。
一只鸥鸟从礁石上懵然醒悟——
多么灵犀的孤鸟呵。

《晨春满金塔》 曹悦 布面油画 80×60cm 2017 年

中国诗歌网作品精选

夜雨

庞培

黑黑的房子里别无长物
只有一场雨
仿佛有人把豆粒撒在屋顶上
空气里有夏天特有的晶莹

我要到雨天的窗口收割自己
但雷声仍在阁楼上和怪物格斗
一分钟，楼梯崩塌
茫茫雨雾，如同尘埃

雨仿佛从怪物的刀刃上甩出
黑黑的房子里，勇武、嗜血、怯懦
看不见的格斗
灌满了风暴

突然
一个灵魂从另一个灵魂里站起来

（选自 2018 年 7 月 2 日中国诗歌网“每日好诗”栏目）

蛾

黄蛾黄

整个夜晚
它趴在那里，一动不动
它来自无可记忆的地方
仿佛就是你的婴儿期
人，花了几乎永恒一样长时间
一无所知躺在摇篮里

如此的不可思议
今天的你
难以理解，成长所获知识
只不过是一只蛾
所携带的金粉
你捏过翅膀的手指
有一种滑腻
随着它翅膀低低颤动
沐浴光的投影
你只能不动声色地接受
接受它的表面意义
当这不寻常的事情并没有发生过

（选自 2018 年 7 月 9 日中国诗歌网“每日好诗”栏目）

进山

武雷公

我已备下，一场
封山的大雪，酒壶，以及
炭火跳跃的炉子
要是你们进山，最好
不要把猎枪，带进来
狼已绝迹多年，好多年
已经不曾听过它们的嗥叫了
现在，只有可数的几只黑鸦
孤单地，在雪地点灯
要是，你们在雪野踉跄慢行
听到异响，不要惊悚
那是风的骨节在响
穿过矮树林，别忘了
捎回我砍下的枯柴

我准备，动用它们
煮一些秋天的蘑菇，给你们
做下酒菜
傍晚时分，你们靠近我的院子
有犬吠，不要惊慌
它眼角挂着冰凌，是为了
忘记一段刻骨铭心的爱情
老友们，让我来
给你们掸掉肩上的落雪
多谢你们，冒着严寒
进山探望
我已备好了，点点热泪
和一座雪山的空寂

（选自2018年7月19日中国诗歌网“每日好诗”栏目）

晚安，少年

丁鹏

城市之光，透过手机向你低语
你失眠，因为你是一截导体
电流伴随你的指尖溅起细浪
指尖滑动，刷屏的二手真相
眨动睫毛，像一棵春天的稗草
像你在游戏中死去，又复活
晚安，少年。夜的电压平稳
躺回床上，手机放到座充上
摄像头在凝视你，你阖上眼睑
当心跳撞击地球，你飞起来
穿过星云，抵达宇宙的边缘
站到她的面前，像过去一样
你亲吻她，和她分享你的悲伤

晚安，少年。明天的屏幕里
楚门会逃出他所热爱的城市
你也会打通最难的一道关卡

（选自 2018 年 7 月 23 日中国诗歌网“每日好诗”栏目）

我的雨和种子

莫非

我的雨和种子沉浸水中
我的花儿落满敞开的枝梢
我的命在闪电的后面雷打不动

那里生死靠着同一把椅子
那里饥饿的孩子给一头猪割草
那里相爱的人相隔一片无边的星芒

我的河水四面散去拦不住
我的麦蓝菜和鹌鹑不用打招呼
我的梯子够高了却够不到一棵瓦松

那里的灯芯草一片漆黑
那里清晨在池塘里不见踪影
那里的蒹葭挡住了那么高的莲蓬

我的台阶不在台阶上
我的老槐树招来好大的风
我的废墟里长满了青苔和青蒿

那里云无需注意的事项
那里前前后后分不清前后
那里时间在一根藤上曲折穿行

鸟啊你在窗外叫树叶飘零
人啊你拿走我的尺子做什么
万物啊——归还词语这般寂静

（选自 2018 年 7 月 30 日中国诗歌网“每日好诗”栏目）

冈仁波齐

方书华

星空在上，我眼中的雪山
有如湖面上的一朵云彩
有如藏语中的一段祈愿，冈仁波齐的
寂静，是经幡上扬起的风
悄然传递着大地的余温
从峡谷中传出的箫声
是雪水与卵石的拥抱
这人迹罕至的荒凉，融化了
多少陨落的暗火与星云

从 219 国道左拐，一直向北
石头如脆骨，一声声浅浅的低喊
消弭着我内心的坚韧
所有惊起的尘土，掩饰我
颤抖的双手，也让路边的
苜蓿草泪流满面
我的奔赴，是救赎与朝拜之间
迷失于爱火之中的人形

一路磕着长头的藏女，在巴嘎的
山丘上慢行，漆黑的手指深进泥土
匍匐之间，黯然摩擦着火焰

我审视这千山万壑的荒芜
这虚构的寂静荡气回肠
这亿万年前海洋深处的绝响
这不断消逝的吮喋与呼告
有如蘸满圣湖的水温暖写经

冈仁波齐，我将余温暗暗给你
许多毁灭的欢愉正在消融
石头和沙棘在缝隙里亲吻
那远处闪动的金光
是温暖的上师开示的祥云
我用赤裸的脚丫上路
绝处必有天籁
群山骨肉相连
颠沛流离的天边，新月升起
颤动中，黎光在喘息中复生

（选自2018年8月2日中国诗歌网“每日好诗”栏目）

筷子

黄梵

筷子，始终记得林子目睹的山火
现在，它晒太阳都成了奢望
它只庆幸，不像铺轨的枕木
摆脱不了钉子冒充它骨头的野心

现在，它是我餐桌上的伶人
绷直修长的腿，踮起脚尖跳芭蕾——
只有盘子不会记错它的舞步
只有人，才用食物解释它的艺术

有无数次，它分开长腿
是想夹住灯下它自己的影子
想穿上灯光造的这双舞鞋
它用尽优雅，仍无法摆脱
天天托举食物的庸碌命运

我每次去西方，都会想念它
但我对它的爱，像对空碗一样空洞
我总用手指，逼它向食物屈服
它却认为，是我的手指
帮它按住了沉默那高贵的弦位

当火车用全部的骄傲，压着枕木
我想，枕木才是筷子的孪生兄弟
它们都用佛一样的沉默说：
来吧，我会永远宽恕你！

（选自 2018 年 8 月 6 日中国诗歌网“每日好诗”栏目）

婚姻

慦园

像梦里，悬崖到处都是。
你不断跳悬崖（或类似悬崖），跳入光亮。
它有轮廓，因为亮着，不能确定其深度。
每次跳完，你又从里面升上来
继续跳，变换姿势跳。跳过来跳过去，
死不了，跳崖的恐惧明显如初夜。
现实中，你不该这样操作，即便二楼，你都颤抖
如某种临危的小动物。有人不信，在桥上，在楼顶
在树上，跳下去，死了，我为这些死难过。那么难过。
比较梦境和现实是没意义的。它们没尺寸，可是

谈论一尺、三尺、六尺却是有必要的。
相较而言，我喜欢游离之物。你有忧伤，我也有。
忧伤突然显现，像感到幸福那样
进入醒着的洁白。在十一月初的清晨，我感受最多的
是内心的悬崖。陡峭而且芬芳。现在，我们坐在这里。
并不多话。在野兽的眼里跳过来跳过去。

（选自2018年8月28日中国诗歌网“每日好诗”栏目）

麻雀

许敏

带着广大的愿力在飞
飞得那么急促，惊恐
从一处低矮的树丛到另一处低矮的树丛
半边脸喧哗，半边脸虚幻
几乎无暇顾及黄昏落日的
巨大，庄严。
没有一处天堂肯收留它们
也没有一块碑石想过纪念它们
死了，除了骨头成灰
什么也没留下
一只，即是无数只
一生，亦是永生
有时，在斑驳的草地
在肮脏的沟渠边
在城市的一小块漏下阳光的空地上
它们嬉闹，争吵，亲着，搂着……
那种瑟缩的爱，略显拘束的
亲密，你在蒙垢的窗玻璃
后面，突然感到内心的
不忍。岁月天真无邪

你也曾充当过稻草人的角色
白日做梦，夜晚失眠
颠倒的生物钟里，几只麻雀，一闪而过
季节陷于变声期，有无限的辽远
和寂静。严寒将至
一阵大风，一场细雨，在庸常的生活里
迂回，律令不可抗拒
时光如此决绝，你略显忧伤
但也获得了平衡力
此时，公园里
湖水泛白，灵魂趋于洁净
一群麻雀，向一座年久失修的教堂飞去
大地的心，空空荡荡
你不想——独自度过寒冷的冬天

（选自 2018 年 9 月 6 日中国诗歌网“每日好诗”栏目）

赠忧伤的晨鸟

陈虞

这里居住着“忧伤的晨鸟”
当太阳升起，光芒像利爪挑破窗帘
他仍在另一个世界滞留
堆砌的书籍，交织的印刷品
满地，甚至筑向屋顶
像农夫的草垛
像山民过冬用的柴堆
仿佛砖块，砌起的巢穴
在虞山脚下，他已远离他的故乡很久
但从前的日子仍会经常来访
停留在他的早晨
有时候他会站在梦外凝视

仿佛一转身就可以回去
回到遥远的俄罗斯
杭州城里人声嘈杂的服装市场
回到上海滩繁华的街道
和心仪的人同行
路过一间老式咖啡馆
二个人坐着互相对视
心想着叶芝，不必再吟唱“当你老了”
四十多岁我已经是老夫
像苏东坡，骑着马吟唱
发一些少年狂妄
而他的朋友们在屋里高谈阔论
抽着烟谈论诗歌
时光最终在堆积的碗盆上落下
黄昏的一缕光在厨房间滞留得很短
这时他回到他的朋友们中间
用乡音唱起了黛玉焚稿

（选自 2018 年 9 月 10 日中国诗歌网“每日好诗”栏目）

黄泥小道，及我的乡村叙事

谈雅丽

一个安静的、适合叙事的傍晚
一条黄泥小道通向莲塘和稻田
丛山之巅倾斜下来——
将影子倒映于黄昏的湖水

晚餐后母亲蹲在水池边洗碗
父亲站在药房收拾白天晒的陈皮白术
他把龟板放在最上层的抽屉
侄儿骑一辆红色的跑车冲上陡坡

又风驰电掣地冲了下来
左右乡邻和颜悦色问我家长里短

少许灯火照亮小镇，深秋之夜
有时候昏暗也是一种心情
清寂中有狗吠传来——
卖家具的邻居年后搬进城里
他把房子锁好，钥匙搁在母亲的手上

母亲在堂屋唠叨昨夜突降的暴风雨
镇上傻儿来喜因雨回不了他的小屋
就在人家偏屋的棺材里睡了整夜

（选自 2018 年 9 月 11 日中国诗歌网“每日好诗”栏目）

目睹一只鸟的死亡

衣米一

榕树下，它扑打着翅膀
但飞不起来。它开合着尖喙
但发不出声音

昏黄的路灯没有照亮它的身体
而是在它的周围形成一个光圈
它在暗处，挣扎

树很大，光很大，世界很大
只有它，是小的
它倒在一小块草皮上，闭上眼睛

我，一个路人。伸出上帝之手
要救它，带它回家

为它准备一个纸盒，小米和水

但它已经筋疲力尽
安身之所，食物和上帝都来得太迟
它像一个来历不明的难民
死在它不熟悉的国境线上

（选自 2018 年 9 月 26 日中国诗歌网“每日好诗”栏目）

《石屏郊外》 曹悦 布面油画 60×60cm 2015 年

评论与随笔

从“蝴蝶”“天狗”说到当代诗的“笼子”

/ 姜涛

新诗百年之际，与“新诗”有关的纪念、研讨、出版，这一两年来此起彼伏，沸沸扬扬，像一家开张百年的老店，确实到了需要自我表彰、盘点的时刻。殊不知，这家“老店”的金字招牌——“新诗”二字，实际上长久以来，其实并不被认为是一个理想的命名。隐约记得梁实秋 20 世纪 50 年代的一篇讲义，就说到五四时代，无论什么，都要争着挂上一个“新”的标签，新青年、新女性、新社会、新人、新文学、新小说、新戏剧、新诗等等。随着时间的推移，这些前缀的“新”字，也大多逐渐纷纷剥落了，几十年后唯独“新诗”还在，还雄赳赳挂着当年的标签。这说明了什么？只能说明一个问题，这个文体还没有稳定下来，形成自身的标准、规范，还没能脱离争议，安顿在读者和批评家的心中。

半个多世纪以后，新诗已届百年，梁实秋的提问仍然有效。“新诗”之“新”所连带的一系列想象，与传统的断裂、被进化论裹挟的时间神话、美学与文化上的偏激、形式上的无纪律与散漫，诸如此类，聚讼纷纭。相应的是，王光明早在《现代汉诗的百年演变》就提出，“新诗”不过中国诗歌在寻求现代性过程中一个临时的、权宜性概念，适当时完全可以废置一边，替换为一个更妥当、更无争议的概念，如“现代诗”“现代汉诗”。类似说法兴起于台港及海外，跳脱新旧之别，重点在普世之“现代”，立足稳健之外，也隐含了跨地域、去国族的开放性。大陆诗人和批评家不明就里，只觉得这样的名字很洋气，袭用者不在少数。

当然，不是没有人相对看好乃至珍视“新诗”的命名，比如我的同事诗人臧棣。多年前在一篇诗集序言中，他就提到在白话诗、现代诗、现代汉诗、新诗等等命名中，他还是对“新诗”二字情有独钟，而且给出一种特别的解释：所谓“新诗”之“新”，并非相对于旧诗而言的，而是相对于“诗”而言的，“新诗”与其说是反传统的诗歌，不如说是关于差异的诗歌，体现了一种对“诗歌之新”的不懈追求。说白了，“新诗”是一种“新于诗”的诗，这也正是它“至今还保持巨大的活力的一个重要的却常常被忽略的原因”。在臧棣这里，“新诗”似乎不再是一个文学史概念，而成为一种包含特定价值的文类概念，“新”也不再是一种愧对传统的历史“原罪”，反而成为一种敞开向未来的美德，一种永动机般的写作“引擎”。

应当说，这个说法相当别致，通过词的拆分与重组，绕开已经被谈滥了的新旧之别，将一种激进的先锋立场，偷换到过往的命名中。但这并不等于说，这只是一种当代“发明”，出于诗人诡辩的巧智，从百年新诗的角度看，“新于诗”的冲动确实内置在它的发生过程中，如果特别拎出来，也可构成回溯百年的一个线索。这里，不妨从胡适的一首小诗说起，看看在新诗最初的感性里，曾经绽开过什么。

一

在新诗史上，胡适的形象其实有点尴尬。作为新诗的发明人，其“开山”地位不容动摇，但诗歌的感觉和才能，一直不被看好，他的努力似乎只体现在语言工具的革新上，在诗的“本体”上建树无多：

> 两个黄蝴蝶，双双飞上天。
> 不知为什么，一个忽飞还。
> 剩下那一个，孤单怪可怜。
> 也无心上天，天上太孤单。

这首《蝴蝶》，算是“尝试”的名作，未脱旧诗的格套，意思浅白，语言也“口水”，历来为人诟病，相信不大会有人说好，胡适当年也因此得了一个“黄蝴蝶”的绰号。翻看新诗的理论批评史，似乎只有一个人，说《蝴蝶》写得好，这个人就是废名。30 年代中期，废名在北大开设“现代文艺”一课（讲义即为著名的《谈新诗》一书），开堂讲第一课讲的是《尝试集》，讲的第一首诗便是《蝴蝶》。他用了比较的方法，将“两个黄蝴蝶”与元人小令“枯藤老树昏鸦，小桥流水人家”并举，说“蝴蝶”其实不坏，“枯藤老树”未必怎么好，前者“算得一首新诗”，而后者“不过旧诗的滥调而已”。废名谈诗，往往出人意表，友人称为“深湛的偏见”，“蝴蝶”与“枯藤老树”之比较，即是一例。

《蝴蝶》写于1916年胡适留美期间。依其自述，那时的他正如火如荼开展“诗国革命”的试验，但遭周边友人一致反对，心境孤单落寞。一天中午，他在窗前吃午餐，窗下一片乱草长林，忽然看到两只蝴蝶，飞来又飞去，心头一阵难过，于是就有了这首小诗，记录的恰恰是新诗创制的心理曲折、艰难。废名在课堂上也引述了这一背景，他说这首《蝴蝶》句子飘忽，里面却有一个很大的、很质直的情感，作者因了蝴蝶飞，当下的诗的情绪被触动起来，而这个情绪不需要写出，本身已经成为当下完全的诗。相比之下，“枯藤老树”只是古人写滥的意象的拼接，看似是具体的写法，其实很抽象，读者喜欢的只是那种腔调。他进而提出：“我以为新诗与旧诗的分别尚不在乎白话与不白话。”

老实说，《蝴蝶》不一定真好，《天净沙》不一定就是滥调。说短道长，废名的目的，无非是要引出他对新旧之别的洞见，即《谈新诗》中的著名观点：旧诗的内容是散文的，使用的文字是诗的，虽然发动于一时一地的感兴，但这感兴未必整全，可以循着情生文、文生情的线索，有意为之，敷衍成篇；新诗的文字是散文的，但其内容必须是诗的。这个“诗的内容”究竟为何物，废名一直语焉不详，仅以《蝴蝶》为例，即在于一种刹那的感觉，当下完全自足，挣脱了一般“诗”的习气、腔调，甚至无需写出，作为一首诗也已然成立。当时诗坛上，正弥漫了浓郁的“格律”空气，在一般新诗人心中，“格律”被提升到决定新诗前途、命运的高度，废名这样讲，实在是有意纠偏，重申新诗形式自由的合理性，而更根本的革命性，还在颠覆以形式为中心的新诗史观。胡适自己常说，文学革命的运动，不论古今中外，都是从“文的形式”入手，“中国近年的新诗运动”也是一种“诗体的大解放”的产物。后来的新月诗人，强调“纪律”与诗体的再造，看似“解放”的纠正，其实还在“文的形式”入手的轨辙中。废名则更新认识，跳脱而出，将新诗成立的根据，寄托于一种感受力的飞跃与更新上。在他看来，此事关系甚大，能否在“尝试”中辨识出“这一线的光明”，涉及新诗前途的展开。

30年代，戴望舒、废名、林庚、卞之琳、何其芳等一批“前线诗人”，逐渐成为诗坛的主力，重构新诗自我意识的努力，当时并不鲜见。废名的好友林庚，在1934年的一篇文章中，也提出过“诗”与“自由诗”的不同：前者，指的是“传统的诗”，包括旧诗在内的一切过往的诗，这些诗都会有感受力枯竭的一天；为了“打开这枯竭之源，寻找那新的生命的所在”，于是“自由诗”乃应运而生：

> 故这一个新的诗体的基于感觉到一切来源的空虚，于是乃利用了所有文字的可能性，使得一些新鲜的动词形容词副词得以重新出现，而一切的说法也得到无穷的变化；其结果确因这新的工具，追求到了从前所不易亲切抓到的一些感觉与情绪。

自波德莱尔以降，当“一切坚固的东西都烟消云散了”，从矛盾的不稳定的状态中提取新的激情，让历史的可能性在瞬间不断涌现，早就是文学之现代性的核心标志。林庚的看法与废名同出一辙——“诗与自由诗的不同与其说是形式上的不同，毋宁说是更内在的不同”，但似乎更为激进，“自由”并非仅仅是诗体的解放，更是文学成规之外的无穷可能性。至于在诗与“自由诗”之间强作区分，其实与臧棣的概念偷换异曲同工。

由此说来，《蝴蝶》似乎真的不坏，代表了新诗最初的翩然活力，也暗中启动了现代的新诗“装置”。几年前参加批评家颜炼军的博士论文答辩，论文里也写到了《蝴蝶》，他的说法至今让我仍记忆犹新。首先，作为中国诗人，触及“蝴蝶”这一意象，很难抗拒用典的诱惑，如庄周梦蝶，如梁祝化蝶，但胡适写这首小诗，没有受到用典的诱惑，只是写了“两只不知何来何往的蝴蝶”，如现象学家一般，悬搁了蝴蝶的已有寓意，只是直观命名眼前所见：

> 蝴蝶在白话汉语中只剩下自己，一个等待新的隐喻空间的自己。可以说，蝴蝶的无所依凭的“可怜”与“孤单”，某种意义上象征白话汉语寻找属于自己的诗意生长系统的孤单开始。

这样的阐释稍显“过度”一点，但相当精彩：蝴蝶成了一种语言的象征，孤单也成了一种文化心理的象征，无论是新诗，还是新一代知识分子，在探索自我的路上，必将面对一个自由却也虚无的空间。两只“蝴蝶”在空气里振动的现代性，不再仅仅是感受力的刹那飘动与更新，同时也有了更深的文化的、主体性的意涵。

二

说到新诗的“现代性”，这自然是一个相当大的话题，涉及不断投向未来的时间意识、一种自我提供标准的主体意识，也涉及诗歌想象力与现代历史之间的紧张关系，刹那间的感觉革命，最多是一点点起兴的动力，无法孤零零撑起新诗这一百年。1923 年，借称赞郭沫若的《女神》，闻一多就将新诗之“新”的理解，推向了一个更高的层面，他的《〈女神〉之时代精神》一文，开宗明义就写道：“若讲新诗，郭沫若君底诗才配称新呢，不独艺术上他的作品与旧诗词相去最远，最要紧的是他的精神完全是时代的精神——二十世纪底时代精神”。在这里，闻一多使用了一个德国概念 Zeitgeist（时代精神），来表达他对《女神》中动荡不安、激昂扬厉之气息的理解。

“时代精神”的表述，在今天听来，已近乎某种“陈言套语”，但需要说明的是，作为一个思想史、精神史的概念，“Zeitgeist”并不是一种实然的存在，被动地等待哲人或诗人的书写，某种意义上，它更多是一种历史的抽象，需要敏锐的心智去命名，去创造出来。在浪漫主义诗人偏爱的隐喻中，诗人的心灵宛若一架风琴、一泓碧水，由看不见的风吹拂，搅动。这捉摸不定、需要“诗心”赋形的自然之风，恰恰就可解作“时代精神”。那么，“二十世纪底时代精神”指的是什么？闻一多进而从“动的精神”“反抗的精神”“科学的成分”“世界之大同的色彩”“挣扎抖擞底动作”几个方面分别进行了阐述。五四时期，民主与科学是新文化的两面旗帜，但显然，闻一多不是在这个层面立论的，他关注的不是具体的时代命题，而是一种内在的精神气质、一种强劲的历史风格。

相对于 19 世纪的漫长，现在学界流行说 20 世纪是一个“短促的世纪”，发端于欧战的爆发，终止于冷战两极的解体，革命、战争、乌托邦式的社会构想，是贯穿性的主题。在闻一多这里，“新诗”之所以为“新”，不在于白话的有无，也不限于文学感受力、想象力的刷新，而在于能否与 20 世纪之“短促”历史高频共振。后来的新诗人也爱说“现代”，但往往流于经验的表象，诸如机械文明的喧嚣、都市生活的纷乱、震惊的感性片段……相形之下，闻一多立意甚高，眼光也格外深透，内在把握到“短的、革命的 20 世纪”之飞扬又焦灼的节奏。《女神》中的名作很多，像《凤凰涅槃》《天狗》《笔力山头展望》《地球，我的母亲》《夜步十里松原》

等，都脍炙人口，如要找出一首与《蝴蝶》对读的话，那肯定非《天狗》莫属：

> 我是一条天狗呀！我把月来吞了，
> 我把日来吞了，
> 我把一切的星球来吞了，
> 我把全宇宙来吞了。
> 我便是我了！
> ……
> 我是 X 光线底光，
> 我是全宇宙的 Energy 的总量！
> ……
> 我飞跑，我飞跑，我飞跑，
> 我剥我的皮，我食我的肉，
> 我嚼我的血，我啮我的心肝，
> 我在我神经上飞跑，我在我脊髓上飞跑，
> 我在我脑筋上飞跑。

即便从今天的角度看，这首诗也完全写“飞”了，写“爆”了，“我飞跑”“我狂叫”“我的我要爆了”，这样一个在毁灭中更生的自我形象，完全是 20 世纪“动的、反抗”之精神的夸张代言，也一直是文学史叙述的焦点。可以注意的是，对于当年的读者而言，这首诗的冲击力，在于癫狂的复沓的语式，贯穿不变的单调节奏，还在于“狂叫”中羼杂的新名物、新词汇，如“X 光”“Energy”“电气”，至于“我在我神经上飞跑”“脊髓上飞跑”“脑筋上飞跑”，更是显出郭沫若作为一个医生的本色，“我”的身体像在 X 光中被透视，被分解，呈现于某种解剖学的想象力中。闻一多当年就目光如炬，点出《女神》作者“本是一位医学专家”，那些“散见于集中地许多人体的名词如脑筋，脊髓，血液，呼吸，……更完完全全的是一个西洋的 doctor 底口吻了”。确实，不单《天狗》如此，战栗的神经、破裂的声带、裸露的脊椎、飞迸的脑筋，这些令人惊骇的身体意象遍布于《女神》中，郭沫若在新诗的起点上，就贡献了一个不断爆裂分解的、逾越内外界限的身体。

在“短的 20 世纪”，破坏就是创造，废墟之上才有历史的重建，这并非“治乱循环”

之重演，普遍的社会焦灼、困顿，有了科学的求真意志的烛照，才能引爆出如此巨大的能量。郭沫若笔下的“天狗”，一方面疯癫、狂叫、血肉横飞，另一方面，又呈现于解剖学、神经学的透视光线中，20 世纪的时代精神、理性与暴力的辩证逻辑，直接内化为一种身体的剧烈痉挛感。《天狗》写于 1920 年，如果作为时代精神的隐喻，具有超越地域、国家的共通性，——郭沫若的“同时代人”曼德尔斯塔姆，1923 年也写了一首同类型的诗，同样贡献了一个肢体破碎的野兽形象：

我的世纪，我的野兽，谁能看进你的眼瞳
并用他自己的血，黏合
两个世纪的脊骨？
血，这建造者，滔滔地从大地的喉腔涌出，
只有寄生虫们在颤抖，在这未来岁月的门口。

生命，在它存活的时候，必定会忍受它的脊骨，
看不见的波浪从哪里卷过并顺着脊椎嬉戏。
恰像幼儿的软骨一样脆弱，
我们这个新生大地的世纪；
生命，这已是你献身的
时候，如祭坛的羔羊

而为了让世纪挣脱桎梏，
让世界重新开始，
为了黏合断裂、脱节的日子，
就需要一只长笛来连接。
这是渴望和悲伤的世纪，
血流从大地的伤口涌出，
而蝰蛇在草丛中静静呼吸——
这世纪的金色的旋律。
……

俄罗斯的红色革命，开启了 20 世纪的巨大实验。这首诗题名为“世纪”（王家新译），正是写于革命之后艰难而兴奋的空气中，“我的世纪，我的野兽”，20 世纪精神在诗中同样化身为一只野兽。和“天狗”相比，这只野兽无疑是羸弱、忧郁、矛盾的，它已从旧世界的血泊里站出，不是在飞奔中享受自我破坏的激情，而是被自己的不能连缀起来的脊骨压垮，被新的世纪粉碎。哲学家巴迪欧在《世纪》一书中，曾花了大量篇幅讨论这首诗，将这匹脆弱的野兽，当作 20 世纪的一种历史隐喻、一种 X 光的投影。它将生命论、唯意志论、历史的乡愁扭结在一起：“这些不是矛盾，这些是在 1923 年描述的一个短暂的世纪开端的主体性。这些扭结在一起的骨骼，这些婴儿的软骨，以及碎裂的脊梁描绘了一个罪恶的、狂热的、令人扼腕的世纪。”这样读来，《天狗》好像写在革命前夜，还没有预见这个世纪直面真实的恐怖，X 光的透视尚缺乏那种辩证的寓言性，但这两首诗放在一起，倒真像是一对姊妹篇。

三

在新诗发生的图像中，“蝴蝶”与“天狗”，大约只是两个各自振动的小点，并无一定的关联，两点之间却能拉开新诗现代性的宽广频谱。虽然一个身子轻盈，尚在不确定中寻找同伴，一个狂躁不安，要把自己当一枚炸毁宇宙的肉弹，但联系起来看，两个形象作为启蒙时代的自我隐喻，却共同奠基于一种未来主义的意识，一种从原有文化系统、语言系统中脱颖而出的果敢。无论飞离还是炸毁，主体的创造性、可能性，都来自对系统的逃逸、偏离、破坏。这背后依托的，又是一个现代主体的经典构造：一边是真纯、无辜又独创之自我，另一边是“滥调套语”的世界，需要克服或转化的糟糕现实，两相对峙，反复循环，20 世纪隆隆作响的现代性“引擎”由此被发动。

“短的 20 世纪”波澜壮阔，也千回百转，或主动或被动，新诗也一次次作为集体动员、情感塑造的手段，参与到各类宏大的理性规划之中。革命文化对“新人”塑造，也必然包含一种“系统”的重设，在组织中整合独立、真纯之自我，但上述现代性“引擎”却从未真的关闭。尤其是 20 世纪 70—80 年代以降，当革命的世纪猝然颠簸并转轨，诗人们也普遍甩脱这一个世纪的沉疴，甩脱它习惯的主题、抱负和情感负担，希望回到自我，回到身体与日常的经验，以及回到语言。但 20

世纪"时代精神"远远还没有耗尽，它的基本节奏、编码、欲望形式，依然在内部深深牵绊，只不过动的、反抗的、在破坏中再生的能量，不选择外向的集体革命，转而内化到献身语言的幻觉之中。比如海子的写作实验，也一直伴随了分裂、伤痛的身体经验，他笔下的"天马"，某种意义上就是"天狗"的变身，也是以牺牲与自我破毁为创造的神圣仪式。踩着如骨骼一样的条条白雪，"天马"踢踏飞奔，在祖国的语言之中空有一身疲倦，最后一命归天。诗人就是天马，诗人的壮烈献身，无疑是以革命烈士为模板。至于那只孤单中自我探索的"蝴蝶"，也早已壮大，在当代诗中不乏它的近亲：

一群海鸥就像一片欢呼
胜利的文字，从康拉德的
一本小说中飞出，摆脱了
印刷或历史的束缚。
——臧棣《猜想约瑟夫·康拉德》

致命的仍是突围。那最高的是
鸟。在下面就意味着仰起头颅。
哦，鸟！我们刚刚呼出你的名字，
你早成了别的，歌曲融满道路。
——张枣《卡夫卡致菲丽丝》

海鸥、鸟、鹤、凤凰……这样一类"扁毛畜生"依旧一次次地，从当代诗的句子里强劲地飞起。与此相关，各种版本的"飞翔"美学、"轻逸"之说，也最能激动并呵护文艺青年的身心。

无论"蝴蝶"在飞，还是"天狗"狂奔，现代性的"引擎"燃烧了冲决网罗的热情，结合了后现代的语言本体论，当代诗人也普遍信任将万物化为词语，让它们翩然飞舞的观念，这隐隐然已经是当代诗一种主要的"意识形态"。然而，果真可以挣脱吗？不必精读什么批判理论，凭当代生存经验我们也知道，在消费生产欲望，媒体控制幻觉的年代，飞起的"蝴蝶"，又怎能不在有形与无形的系统之中。在广为引用的《朝向语言风景的危险旅行》一文中，张枣将"对语言本体的沉浸"，看作是当代诗的关键特征，在他看来，能否具有这种“元诗”意识，也决定了新诗现代性追求的成败。这是一篇论文，用了偏离张枣性情的学院腔，但实则一份当代诗的宣言，“元诗”意识的提出，既是历史的回顾，也近乎一种暗中的鼓励、提倡。多年后，从乡镇到都会，将“写作视为与语言发生本体性追问关系”的写作，果真泛滥成一种常见的类型，为不同背景、地域的诗人所偏爱。可以注意的却是，除了高标词语对现实的无尽转化，某种无法化解的幽闭之感，时常流露在“元诗”作者的笔下，这也包括张枣本人。上面引用的《卡夫卡致菲丽斯》，诗中的“鸟/天使”，即便是虚幻的形象，还是代表了一种转机、一种更高的存在，而这首诗一开头，却以“异艳”的笔调，给出了一个当代诗的幽闭原型：

> 我奇怪的肺朝向您的手，
> 像孔雀开屏，乞求着赞美。
> ……
> 我时刻惦着我的孔雀肺。
> 我替它打开膻腥的笼子。

又一次，诗人的想象力像 X 光扫过：“我”敞开的胸肺，渴望赞美，像孔雀开屏向读者、知音敞开，露出的条条肋骨，宛若一个囚住自己的笼子。在 20 多年前的《笼子里的鸟儿与外面的俄耳甫斯》中，诗人钟鸣将这首诗中出现的“笼子”，理解为“一种已受到怀疑和否定的生活方式和词语系统”，诗人的写作发生于其中。正如卡夫卡所描画的：一只笼子去寻找鸟儿，而不是鸟儿逃离笼子，钟鸣接过这一说法，也认为系统其实是无法挣脱的，在系统之内是无法反对系统的。那怎样寻找一种可能，即使不能破笼而出，至少也要使它对自己有利，他顺势给出了方案：“或许只有不断的警觉”，才能保证诗人不致被历史惯性吞噬，在笼中僵毙。

钟鸣的解读，包含了对诗人命运及其和语言关系的洞察。对于张枣而言，这个“笼子”、这个系统，就是他的母语，他既在其外，又在其中。在文化整体被全球资本、知识分工瓦解的时代，对于更多“元诗”作者而言，这个“笼子”就是写作，当“写”的实践游离于大多数社会场域之外，成了“写者”为数不多需要殚精竭虑的现实，如何去“写”也就变成了如何去“活”。联系本文的话题，百年新诗为现代性的引擎推动，所谓“新于诗”，不外乎一种“破笼”冲动，而“现代性”不是早被形容成一只铁笼？它广大无边，落下时又悄然无声。

四

随着那篇论文的流布，张枣“元诗”教主的形象，大概会持续地留在读者心中。后来，他将这一理解扩展至对中国现代诗起点的追溯。不是胡适，也不是郭沫若，他将新诗现代性奠基人的名号，给了鲁迅，因为在《秋夜》等篇什中，鲁迅体表现出一种“坚强的书写意志”，为中国新诗缔造了“第一个词语工作室”。在写者姿态的发掘上，张枣毫无疑问是一个坚定的现代主义者、一个新诗现代性的维护者，但他的维护不完全是系统内的自洽，而是包含了内向辨识的维度。在《朝向语言风景的危险旅行》一文的结尾，不常被人提及的是，他用了相当多篇幅，探讨起现代性的危机表现：如果“现代性”写者姿态，依靠的是“词就是物”这一将语言当作终极现实的逻辑，汉语新诗获得了审美及文化自律的同时，也不可避免地“缺乏丰盈的汉语性”，只能作为迟到者加入到“寰球后现代性”。

张枣诗中甜美、流转的古典音势，一直为人称道，“汉语性”这个说法多少体现了他的趣味和取向。但在这个段落中，“汉语性”的意味要更多一些，还指向了汉语亲切性、私密性背后诗文学传统与社会生活、政教系统的广泛关联，即“词不是物”的立场、“诗歌必须改变自己和生活”的态度。由此，“现代性”与“汉语性”的矛盾，就不只牵扯流俗的中西文化政治，更是触及诗歌表意系统的危机，相对于“词就是物”蕴含的诗歌自律性尺度，“词不是物”构成了一种反动，坚持的仍是“诗的能指回到一个公约的系统”的假定。这样一来，在“现代性”与“汉语性”之间，一种两难局面出现了。张枣知道，“词与物”的关系不再自明，这是一个基本的现代状况，因而“危机”也必然是结构性，甚至是起源性的。他选取的态度，正是钟鸣所谓“系统中的警觉”，即“一个对立是不可能被克服的，因而对它的意识和追思往往比自以为是的克服更有意义”，只有“容纳和携带对这一对立之危机的深刻觉悟”，汉语新诗才能面向未来展开。

能在系统中保持“警觉”的，30 年代的林庚也算一个。上面提到，比起当时许多“同时代人”，他对新诗的“自由”有更内在的体认：“自由诗好比冲锋陷阵的战士，一面冲开了旧诗的典型，一面则抓到一些新的进展；然而在这新进展中一切是尖锐的，一切是深入但是偏激的。”或许恰恰因为这样的体认，他也意识到，尖锐、深入、偏激的“自由”，能带来感受力的全面更新，但“若一直走下去必有陷于‘狭’的趋势”。在林庚的时代，逐步“现代”的新诗日趋繁复，已遭遇到“看不懂”的非议，林庚的警觉在某一点上，与张枣近似，都是担心现代性的过度膨胀，有可能制约新诗作为一种文化方式的公共性，这又与对古典汉语美学传统的追忆相关，“‘狭’的趋势”刚好与古典诗的温柔敦厚、普遍亲切形成对照。张枣区分“现代性”与“汉语性”，林庚后来也在“自由诗”之外，将格律诗（韵律诗）命名为“自然诗”，二者的风度迥异：一为紧张惊警，一为从容自然。

事实上，“‘狭’的趋势”不只表现在接受范围不广、共同体感受匮乏这样一些习见的指摘上，引申来看，还有一些相对隐微的层面可以讨论。比如，新诗之“新”的破笼冲动，奠基于“真纯之我”与“糟糕现实”的对峙，诉诸感受、语言、社会认知的全面更新，这非常适合表达现代个体主义的疏离性、否定性体验。在怎样立足本地的繁琐政治，建立一种与他人、社会联动之关系方面，新诗人并不怎么在行。与此相关，在错综变动的社会结构中，如米沃什所言，诗人也习惯了扮演“外乡人”的角色，习惯用文化“异端”的视角去看待、想象周遭的一切。不必承担系统内的责任，也不必在特别具体的环节上烦忧操心，语言的可能性简化为词与物关系的自由调配，这样一来，反倒失去了内在砥砺、心物厮磨的机会。有的时候，他们会向阶级、族群、自然的情感求助，但这样的情感过于宏大、抽象，还是在“个”与“群”的二元对峙中。久而久之，这也鼓励了一种制度性的人格封闭、偏枯，无论内向抒情，还是外向放逸，由于缺乏体贴多种状况、各种层次的耐心和能力，结果偏信了近代的文艺教条，反而易被流行的公共价值吸附。

扩张来看，扬弃了修齐治平的传统以后，如何在启蒙、自由、革命一类抽象系统的作用之外，将被发现的“脱域”个体，重新安置于历史的、现实的、伦理的、感觉的脉络中，在生机活络的在地联动中激发活力，本身就是 20 世纪一个未竟的课题。现当代诗擅长自我开掘的技术，在这方面，其实同样严重不足，以致一位年轻诗人在致敬海子的诗中，竟有这样的坦率提问：

这些天我在问我我想也问你
为什么你在诗里写到那么多的葬送
就好像只有那些终极才是你的疑惑

就好像尘世的困境你竟无须管理
……
今晚我才听建材市场的小老板说要发展自己贡献社会
整个祖国被拔地而起的小区覆盖
“小区”，你听说过么？我觉得他们
表达了正面的生活
……

相对“面朝大海”的精神幻象，立足“尘世”的提问，不完全是世俗主义的。“尘世”不是一地鸡毛的平庸琐碎，更不是泡在荷尔蒙里的物质或身体，它同样是一个极其严肃的领域。为什么“小区”这个词，凝聚广泛市民阶层的发展与保存欲望，不能正当地成为一个诗学概念？这一提问中洋溢了在社会情感内部正面探讨问题的热情，看来，新一代作者已厌倦了抽象的“否定”系统，开始自我间离，并试着为写作找出另外的出发点。

五

2010 年，张枣离世，通灵丧失，在纪念文章《诗人的着魔与谶》中，钟鸣又换用一种表达，不说“系统中的警觉”，而说“写作究竟近似‘避谶’”。为了“避谶”，张枣不得不“病态地跳来跳去”，像鸟儿在笼中闪避自己的窠臼、命运。这样的动作仍在“蝴蝶”振起的现代性空气中，利用的是现代诗的“消极才能”，颓废、疾病、疏离、梦境……倘若缺乏内在的人格的壮大、深厚，即如“爱丽丝漫游镜中，很难脱身”。钟鸣暗示，张枣追寻汉语写作的现代性，却因“诗对现实中精神层面的支配性框架早已解体”，不得不迷失于文学现代性的幻境之中，结果问题以生活失序和疾病的方式爆发。这不能不说是一个谶！

纪念张枣的同时，钟鸣似乎也在点点滴滴，检讨老友身上的现代性缺陷。作为笼中之鸟，保持系统内的警觉，只是一个开始，跳来跳去地“避谶”之外，诗人还要在心智上花费一些苦功夫，如何“盈濡而进，漫漫岁月，不断进行身体和语言的调进”，才是更艰巨的挑战。换句话说，在现代性的无边铁笼中，诗歌能够带来的“一线生机”，不能仅依靠破笼、飞翔、无尽转化的承诺，更有赖于笼子内部的主体夯实、改善。这已经将一种难得的伦理维度，引入到了当代诗的讨论中。

回过头去，还是说林庚。30 年代中期，在申张自由诗的理念之后，他转而考虑新诗格律化的可能，立场的转变稍显突兀，但内在的逻辑并未改变，因为格律（韵律）对他而言，正如“自由”一样，都不是简单形式的问题，他将“格律诗”命名为“自然诗”，着眼的就是形式与内容之间的张力，以及由此而来的特定风格，根底里，隐含了一种文体性格改善的诉求。相比于自由诗的“尖锐、偏激”，“格律”提供了一种便利的普遍形式，能将“许多深入的进展连贯起来”，“如宇宙之无言的而含有了许多，故也便如宇宙之均匀的，之从容的，有一个自然的、谐和的、平均的形体”。在这个意义上，“格律”不是动辄就被当作方向、道路的本体，它的价值体现在功能上，由于读者和诗人都能共享格律的普遍形式，故而“熟而能自然”。如果“自由诗”像冲锋陷阵的战士，也像初涉人世的少年，每一次都像是第一次，在他人与世界面前保持“紧张惊警”；“自然诗”更像一个成年的人，宽厚到顺应一些人情物理的尺度，有公共的法度和礼仪，也才得以“从容自然”“行有余力则以学文了”。

林庚自己的格律诗写作，后来被证明不是一个普遍有效的途径，但通过区分“自由”与“自然”，他至少将新诗之“新”相对化了，也问题化了，能在一种文体成长的动态结构中，在纵深的文学史视野中，构想新诗的未来。体认活力又洞察危机，“警觉”于系统之“‘狭’的趋势”，却没有导致自我的厌弃、否定，转而专注于内部的改善，这样辨证、通脱的态度，比起具体的诗学论断，或许更值得回望。在林庚的心目中，正像在后来的海子、张枣、臧棣的心目中，新诗不仅不同于传统的诗，也并不一定就是它已然成就的样子，或许存在一种更新的、在文化上更成熟的新诗。这样的新诗，不一定就被“破笼”的冲动捆缚，“紧张惊警”又渐进“从容自然”，融“自由”于“自然”之中，这其中蕴含了有关新诗文化位置、文体性格及与读者合理关系的可能性构想。

新诗百年之际，用林庚的标准来看的话，沉浸于语言本体的当代诗，是否还偏重“紧张惊警”的路线，这是一个可以考虑的问题。无论怎样，这个“百岁少年”，仍需成长，需要“不断进行身体和语言的调进”努力，虽然“中年写作”的提法早已陈旧，像贴在当代诗史里一个油腻的标签。这努力之中，就包括一系列重构视野、关系的尝试，即怎样从“真纯自我”与“糟糕社会”的对峙中跳脱出来，进入状况、脉络和层次，怎样在广泛的关联中内在培植丰厚的心智。当年废名在课堂上谈新诗，劈头一句就是“要讲现代文艺，应该从新诗讲起”，意思不外乎，新诗之“新”正是现代文艺之尖端；百年之际，再来谈新诗，首先要注意的，倒是“现代文艺”已然作为一个笼子的轮廓，并试着交替站到笼子的内外。

（选自《诗刊》2018年8月下半月刊）

荡子与贤人

——周作人与霭理士

/ 戴潍娜

一

爱默生发问："如果繁星隔千年才出现一晚，人类将如何信仰与崇拜，并世代保留上帝之城的回忆？"自私又自负的人类，在接下来抵抗遗忘的千年里孜孜不倦地建造宫殿、律令、道德以及审美。那座世人心境中反射的"上帝之城"，于是多半建立在世代巩固的偏见和长夜难明的谬误之上。若有勇士妄图力挽狂澜于既倒，刮垢磨光恢复上帝之城的本来面目，则难逃被扔到巨大赌场的轮盘转前的宿命——艺术家、巫师、先知、救世主、圣人、殉道者、改革家、解放者……天界的赌场绝不比人间的更公道，命运的轮盘针多数停留在了异议分子、离经叛道者、精神病患、乱臣贼子这类宫格。一面要与千百代的故鬼幽灵纠缠，一面还要与时代肉搏，若输得漂亮，可以成为祭品被奉上时代的供案；倘若输得狼狈，则沦为时代的垫脚石，遭遇同时代人以及他们没完没了的子孙后辈的踩踏。

鲁迅早说了，国亡的时候文人和美女往往做了替罪羊。回望20世纪的中国文人图景，如一部节奏倏忽变换、不时被打断的诗剧，其间穿梭着各式耀眼的、晦暗的、热闹沸腾又悲欣交加的背影，他们在一个社会政治急剧转换的变调和切分中，传承并塑造着这个国度的价值观念、情感方式以及社会风尚；在剧情的动荡推进中，他们最终抵达了那一代知识分子集体性的悲剧。这群活命于语言中的人类主体掀起的风暴至今未平，他们中一些人在死后仍在啜饮自己的悲剧。其中，"以文字而获荣辱，反差之大者，无过周作人”[1]。

舒芜研究周作人的整个人生，称其为“未完成的悲剧”。这个终身钻在线装书里的“活古人”[2]，于1967年走完了他的人生，但他的悲剧远未随其去世而落幕。

这个比东条英机年小18天，且长相与东条英机有几分相近的文弱书生，有着一张颇具东洋味道的脸孔，细加察看，那表情是江户的，是歌麿的，是明末大城的，是左祖右社的旧北平的……他喜欢的都是诸如民俗学、性心理学、女性学、儿童学、希腊旧剧、日本俳句这类轻而淡的“软学问”，闲适清淡里还透着浪漫的、乌托邦式的理想。且其深谙平民趣味，保持着对咸鱼、软膏、香椿、野荠等“吃食”的喜迷，上知天文地理，下晓花鸟虫鱼。然而，自1939年3月26日受任日本侵略军麾下的“北京大学文学院筹备员”伪职起，这张原本韵味淳然的脸孔逐渐被折磨得羞辱不堪，日渐模糊。及至1947年以“通谋敌国，图谋反抗本国罪”被判处有期徒刑10年、剥夺公民权10年的前夕，黄裳在老虎桥模范监狱见到周作人已是“东坡风貌不寻常”——

“他穿了府绸短衫裤，浅蓝袜子，青布鞋。光头，瘦削，右面庞上有老年人常有的瘢痕，寸许的短髭灰白间杂，金丝眼镜……与想象中不同的是没有了那一脸岸然的道貌，却添上了满面的小心，颇有《审头刺汤》中汤裱褙的那种胁肩谄笑的样儿。”[3]

“以文化替代政治”的50年代，寿多则辱的周作人亟愿死而速朽，人死销声灭迹；至60年代，贫病交加的他变卖日记，并公然宣称如果卖不出去，他就要“托钵于市矣”，其后期的散文也“一变而为苍老，炉火纯青，归入古雅、遒劲的一途了”[4]。生前就开始变卖日记，可对自己的附逆一事却始终讳莫如深——“凡大哀极乐，难写其百一，古人尚尔，况在鄙人。深恐此事一说便俗，非唯不能，抑亦以为不可者也。”[5]面对窘辱，绝口不言，这“一说便俗”背后似有甘饮毒鸩的难言之隐和不希冀旁人理解的默然倨傲。一层玄妙高深的迷雾笼罩上了这张炼狱

[1] 孙郁：《“这一个”周作人》，孙郁选编《周作人精选集》，北京：北京燕山出版社，2011年，第5页。

[2] 舒芜：《周作人概观》（下），《中国社会科学》1986年第5期。

[3] 黄裳：《老虎桥边看“知堂”》，《金陵五记》，江苏：凤凰出版社，2000年。

[4] 郁达夫：《中国新文学大系·散文二集》（导言），上海：上海文艺出版社，1935年。

[5] 周作人：《知堂杂诗抄》，长沙：岳麓书社，1987年，第37页。

之火烘焙过后的东方面庞，它变得难理解、晦涩、前后不一，在驳杂哀凉之外又拥有了一种“思想深处不可理喻的复杂性”[1]。以至于盖棺50年后，时代依旧追不上他的道德和审美逻辑，世人依旧难于辨清这个复杂幻象背后支撑的秩序、根由、意义和价值。

有如一场自设的骗局，要解开其中层层相扣的暗纽，获得对周作人欲求和行为的理解，以及一张艺术化的人格剖析图，首先需要厘清他与周边世界的关系。诚如超现实主义绘画中所表现的那样，人物最重要的关系是他在世俗现实之外的真实关系。溪流旁的奈喀索斯看见了自己水中的映像，活命于语言中的人类主体无不在虚空中寻找承载自己的那条溪流，并疯狂抓取镜中的映像，以构筑一个有关自我的参照体系。黑格尔说“人是一个自然意义上的黑夜”[2]，在周作人的参照星系中，霭理士可谓最重要的一颗星辰。

1918年10月15日周作人在《爱的成年》一文里第一次译引霭理士[3]的观点，此后他在文章中66次提及、翻译或引用霭理士，并终身宣称霭理士是对他影响最大的思想家之一。霭理士的《性心理学》被周作人称作“启蒙之书”——“我读了之后眼上的鳞片倏忽落下，对于人生与社会成立了一个见解。”[4]某种意义上，周作人通过霭理士获得了那个被称作自我的幻想。仅仅一个幻象，一个遥相呼应的知觉，造就了一个有稳定意义的自我，及他者与自我的关系。

以现代心理学的眼光来看，对周作人的重观不仅是对其外部图像的认同或否定，更要深入到其分离的身体及内部的感觉，从而获得拉康理论关于“支离破碎的身体转向它的整体性的矫形术图像”[5]。霭理士作为一根拐杖、一个校正性工具、一个辅助图像的存在，满足了后世对周作人思想行动格律化的审美冲动，同时亦帮助世人驱散了那些萦绕在这个支离破碎形象上的种种舛误的知觉与偏见。

---

[1] 孙郁：《“这一个”周作人》，孙郁选编《周作人精选集》，北京：北京燕山出版社，2011年，第5页。

[2] 张异宾：《拉康：从自恋到畸镜之恋》，《张异宾自选集》，南京：凤凰出版社，2010年，第73页。

[3] 霭理士，Havelock Ellis（1859–1939），英国人，也被译为蔼理斯、埃利斯等，本文统一译为霭理士。

[4] 周作人：《东京的书店》，《瓜豆集》，石家庄：河北教育出版社，2002年，第72页。

[5] 崔露什：《从拉康的镜像理论看电影及其他媒介影像的镜子功能》，《社会科学论坛》2009年第2期。

二

就像文学辞典中，由一个词的释义，引到另一个词，最后形成一条能指的链。周作人的词条，从自身的匮乏中出走，不断援引、触碰、钩稽霭理士，看到他者，并将其知觉作为一个整体。于是霭理士作为周作人的证词而存在。

某种意义上，这是人与人之间最慷慨善意的帮助，另一方面也是一种“甜蜜奉从”的权力关系。在周作人的文字界与象征界里，霭理士作为一种映照，永远在场。

1859 年出生于英国克罗伊登市（Croydon）的霭理士，被称作他所处的时代里最文明的人。追随达尔文、斯宾塞、弗雷泽等博学家通才的传统，霭理士相信智性与情绪、科学与文学之间并非矛盾隔阂。他认为理性、思想恰恰依赖着感觉和习性的支撑与供养，而他超凡脱俗的均衡，使得他不仅投身饲文，同时成为一个严谨狂热的自然科学探究者，努力将诸如道德起源、生物学、性学、儿童学、医学、妖术史、民俗学等文理知识海纳百川，汇入自己的学术版图。他没有周作人那样对吃食的精到兴味，即便在他数以百万字的随性的日记里，也从未出现过与吃喝相关的只言片语。他是以吃知识为生的怪物。曾有一位女记者将他的形象传神地描绘为“半羊半人的牧神”，似乎只有这圣父与肉欲农牧神的结合体，能够囊括其渊深的学问与庞大的诱惑。

像霭理士和周作人这样的“天生老年人”，你很难想象他们稚嫩的童年模样。细看两人儿童时期的照片，都不爱笑，怔怔的，木讷背后似有一种喑哑的悲伤。周作人出生时，有流言传开说他是老和尚投胎，“不是头世人”[1]。霭理士则惊人地自两岁开始就有记忆，五岁开始读写，七岁便开始了周游至世界另一端的航海。难以想象，一个七岁的孩子，对政府花园中各类花草的学名及其属地，产生了强烈的考据兴趣。这个稚童在日记中不忘记录，一位名叫斯图尔特的绅士借给他一本美丽的富有启发的自然历史书。十二岁时，他甚至预备出版他的第一本书。似乎，某个中世纪的博物学家已在这具小小的身躯上附体。从十岁起，他就开始给每一本读过的书做笔记和注释。他的自传也更多的是其“阅读自传”而非“生活自传”。无论霭理士还是周作人，都过着一种建立在“阅读”之上的人生。活在纸笔上的人，对于世俗生活有诸多艺术高见，却始终缺乏投身其间的燃烧热度。

[1] 钱理群：《周作人传》，北京：北京十月文艺出版社，1990 年，第 2 页。

霭理士的文字向来被称道为“风和日丽”。“风和日丽”有时也可以是缺乏激情的褒义表达。有研究者注意到，他最常用的两个词语分别是“和蔼的”和“照耀的”，其舒展有致的文风离不开伊比利亚元素的影响和风气的滋养。霭理士的父亲是一名船长，那种典型的、游荡与古板相结合的男性气质与海洋人格，是19世纪末大不列颠的特产。作为船长之子，霭理士一生都在另一座大海上游荡，他在《我的一生》中写道：“我成了道义之海的探险者，精神之海的先锋……永不疲倦地追寻水域海平面以下的世界。”这个流浪不止、自由不羁、极度冒险、多才多艺的灵魂认识到自己继承了海员的独特个性、远见及广阔视界。[1]“他的著作很少写到大海，但他最迷人的篇章无一不沾染着海蓝的气息。”[2]

据说杰出人士的母亲无一例外都是伟大的天使或伟大的恶魔。如果有人来专门研究伟人的母亲，那大概会是极有趣的课题。据传记作家斯图尔特（John Stewart Collis）观察，霭理士的母亲不同于那些“时时感受到女王注视”的维多利亚妇女，为了维持“体面”，极尽所能地为周边人创造悲剧。他举出约翰·拉斯金和D.H.劳伦斯的母亲为例，“她们尽最大力量去摧毁她们的儿子，并几近成功”[3]。幸运的是，霭理士的母亲尽最大力量保全了霭理士的天性。伟大母性的光影和力量，使得他终其一生都对女性抱有天然的同情和美好的信仰——这同情和信仰成为一种纯粹的直觉，它几乎像霭理士一笔巨大的债务，一生都要向“第二性”偿还。

霭理士在其自传中坦承，他一生无法向母亲以外的任何女人称呼“最亲爱的”，且无法向任何人承诺至死不渝的爱情。这个对爱实验终身的人，是否恰是一个爱情的怀疑主义者？或是一个“无爱”信仰的隐秘追随者？或者，只能说他的人生是“一束矛盾”。12岁时，霭理士爱上了舅舅家黝黑健美的女儿艾格尼丝，她年方16，他们时常在晚餐后一同去林荫道上散步，姑娘偶尔会让霭理士挽着她的手臂，如同挽着一个小小的淑女。可她不知道，这些时刻打开了一颗积满爱矿的心灵。霭理士日后用神秘的笔调回忆起那倾注了全部纯情的少年时刻——“一次生

[1] John Stewart Collis, *Havelock Ellis*: *Artist of Life—A Study of His Life and Work* (New York: William Sloane Associates, 1959).

[2] John Stewart Collis, *Havelock Ellis*: *Artist of Life—A Study of His Life and Work* (New York: William Sloane Associates, 1959).

[3] John Stewart Collis, *Havelock Ellis*: *Artist of Life—A Study of His Life and Work* (New York: William Sloane Associates, 1959).

命中的偶遇释放了他的神智，令其与遥远祖先们共舞。那不知情的女孩，她顽皮的手就这样开启了那探究宇宙的黑暗之窗。而这一切，无论如何，与她无关了。”他们当了一阵子“笔友”之后便中止了书信。霭理士感谢他的祈祷没被上帝听见，然而那扇黑暗之窗却对他蛊惑终身。

1889年，他加入了伦敦的人类学会，次年读到了詹姆斯（William James）的“精神心理学原则”，并受其影响，认为情绪与身体的变化是同一的。[1] 自从霭理士从澳大利亚回到大不列颠，他就一直在写一本名叫《男与女》的书，有意思的是，他那时完全是个什么都不懂的愣头青，书中大量关于男女生理免疫学的描写，都来自于他和女作家奥利文（Olive）[2] 之间有关“秘密”的交换和探讨。这本册子很快就像一则无人问津的帖子般折戟书海。不过一本书有自己的命。谁也没想到，《男与女》后来连续加印了四版[3]。在《男与女》这本五百多页的霭理士口中的“小书”中，他综合古今中外各类知识，探讨男女的生理差异及生理差异驱动下生发的心理异同。其内容新奇博杂，很难说它究竟是科学还是诡辩。其中探讨话题诸如：“盆腔的进化关系到性、情感、头骨以及大脑的进化；触觉、痛觉、味觉、听觉、视觉以及色听；血液、呼吸、排泄等新陈代谢对霉素、毛发、色素、腺体、声音、胃等脏器的控制；月经的主宰功能，等等。”[4] 斯图尔特认为，“他由此引出了最关键的问题——女人何以是女人”，在凿实的医学、生物学基础上，不乏神秘主义的玄学讨论，甚至单列出一章专门探讨“催眠现象”。霭理士同时也是第一个公然拿毒品做实验并加以描写记录的欧洲人。“当梦未醒之时，它与真无异，生活亦如此，只要还在继续，它就是真实的”，通过吞食一把草药，打开身体内部的明灯，凝视黑暗之窗。他本人曾在寺庙里尝试仙人球毒碱等各种致幻性植物，

[1] Phyllis Grosskurth, *Havelock Ellis: A Biography*（New York: Alfred A. Knopf, 1980），p.232.

[2] 奥利文（Olive Schreiner, 1855-1920），19世纪后半叶到20世纪初南非最重要的女作家和女权主义者，1867年跟哥哥一起搬到Cradock，哥哥离开Cradock后，奥利文选择当一名家庭教师。她在很多农场当过家庭教师，并受到启发以笔名Ralph Iron发表了《非洲农场故事》（1883）和寓言故事集《梦境与现实》（1893）。

[3] Phyllis Grosskurth, *Havelock Ellis: A Biography*（New York: Alfred A. Knopf, 1980），p.170.

[4] John Stewart Collis, *Havelock Ellis: Artist of Life—A Study of His Life and Work*（New York: William Sloane Associates, 1959），p.96.

借此内观身体的变化及奇异的幻象。他一面称颂致幻剂带来的“视觉的仙境”，一面不乏严谨地总结道：“真正的极乐——那些源自于虚无的馈赠，无不需要以一定程度的健康损害作为交换。”致幻药如此，性亦是如此。

在时而诗意、时而故弄玄虚、时而平实晓畅、时而博大精深的文字背后，霭理士擅长玩弄一种“迷惑的愉悦”。他相信“性”是上帝赠予人类的最神秘的礼物，努力对维多利亚时代落后的性观念补偏救弊。“不仅宗教是一种神圣的神秘，爱亦是，艺术亦是。”[1] 毋庸置疑，霭理士巨象式的写作对 20 世纪初的欧洲及世界产生了深远影响。《柳叶刀》杂志（Lancet）认为，“性这一精微的主题，在霭理士手中被处理得既彻底又体面”[2]。罗宾逊（Paul Robinson）总结说，霭理士在“性的现代化”上作出的贡献，“可以等同于马克斯·韦伯之于现代社会学，或阿尔伯特·爱因斯坦之于现代物理学”[3]。同时代的性学大师还有有“性学之父”之称的爱文·布洛赫（Iwan Bloch）、西格蒙德·弗洛伊德（Sigmund Freud）、马格努斯·赫希菲尔德（Magnus Hirschfeld）、詹姆斯·欣顿（James Hinton）等。此后又有如撰写性学报告的金赛（Alfred Kinsey）、性教育研究专家威廉·马斯特斯（William Masters）、弗吉尼亚·约翰逊（Virginia Johnson）等后继之人，他们一同塑造了那个时代人们对“性”的看法及日后的社会风尚。

早年的霭理士着迷于布尔热（Paul Bourget）关于爱之心理的分析，1885 年他狼吞虎咽读完了两卷本的《现代心理学》（Essais de Psychologie Contemporaine）。1890 年夏，霭理士终于得到了他的医学学位。同年 3 月，霭理士出版了一本后来影响深远的著作《新精神》（The New Spirit），其中包括了五篇散文，分别评论狄德罗、海涅、惠特曼、易卜生以及托尔斯泰，其中涉及人类学、社会学、政治科学。他始终不忘讨论女性问题，同时论及艺术将取代宗教成为社会情绪的闸口。由于书中大量关于“女性解放”的激进观念，一度有流言传说《新精神》的作者是个女人。有当年的批评家描述霭理士是一个“新兴的多神教徒”（neo-pagan），他 36 岁左右，高个儿，有一张理想主义者的脸、多且不净的毛发、宽阔的额头，两眼分得很开，脸上偶尔掠过迷人的微笑，但多数的时候是凝重的，甚至忧伤。

---

[1] John Gawsworth ed., *From Marlowe to Shaw: The Studies, 1876-1936, in English Literature of Havelock Eiilis* (London: Williams and Norgate, 1950).

[2] *The Lancet*, 12Jan (1901), p.108.

[3] Paul Robinson, *The Modernization of Sex* (London: Paul Elek, 1976), p.3.

他是那种极为谦逊孤僻的人——在社会中害羞甚至紧张。除非不得已，很少作公共发言。而他的阅读，却特别关注边缘、出格之异类，可以说思想摩登至极。他关于新兴时髦的社会主义、自由性爱、无政府主义等革命性观念的看法，已将他与同时代的英国作家们区分开来。

霭理士当年那些激进的观点，如今一天天变得可行起来，“我们的时代在追赶他”[1]。怀德 · 弗兰克（Waido Frank）这样的研究者认为，只有通盘读遍霭理士全部的大部头，才能“替那些打破盲目崇拜的沉默进行辩护”。

三

大师在聪明之外更需要的是“笨”。霭理士七卷本的《性心理学》（Studies in the Psychology of Sex）笨重而迟缓，非常吓人，其中《性与社会》一卷格外重要。《性心理学》出版后，一时间伦敦疯传霭理士是一个隐秘的同性恋者，在他跳出来澄清否认之后，人们又鼓唇弄舌在坊间暗传他是个无性的男人，一个全然的处子。一个对于“性”有着如此彻底、极端探究的男人，却有着极端纯净、晚熟的青春。一种全然的“天真”伴随其一生。

1881 年，《摩登思想》刊登的文章《何谓纯洁》引发了霭理士的思考，他继续发展了詹姆斯 · 欣顿的思想，重新考察了“纯洁”一词，在压抑古板的维多利亚社会风尚中发出了尖锐的声音：纯洁并不意味着节欲。某种意义上，他颠覆并重新定义了“纯洁”。所谓性道德，仅是人们的一种想象。几乎像一场漫长的心理实验，霭理士一生与诸多女性建立起了以坦诚倾听为机制，以自由为宗旨，实验性的爱之人生。他宣称自己一生从未失去过一个朋友。从各种现存史料来看，他也的确具备维护各式各样坚贞不渝的伟大“友情”的特殊天赋。研究者丁英格（Dean Inge）声称霭理士是一个“理解的天才”，据说比较起各种数学天才、语言天才、运动天才……那隶属于世上最罕见的天才类别。他又深受詹姆斯 · 欣顿思想的影响，坚信为女性服务的必要性。用流行的眼光看，赞他为史上最牛的男闺蜜，也不为过。早年的霭理士迷恋比较成熟的女性，他喜欢和比他年长的女性一道，这让他能更加温柔地对待对方。少年时，他一度与姐姐建立起无话不谈的

[1] John Stewart Collis，*Havelock Ellis*：*Artist of Life—A Study of His Life and Work*（New York：William Sloane Associates，1959），p.63.

亲密关系。在一封给姐姐的信中，他坦承，当我们以为自己无比正确的时候，我们往往大错特错。那是一个新女性崛起的时代，新女性的摩登、自由、叛逆、独立，绝丝不输当今妇女。南非女作家奥利文、支持同性恋的激进学者伊迪丝（Edith）、“计划生育”的最初倡导者玛格丽特·桑格（Margaret Sanger）等几位女权主义干将，都曾与霭理士建立起实验性的恋情、友谊或者婚姻，其间充满对“情感的深度”及“性的黑洞”的激情探索。这些先锋实验，很难用道德上的对错横加裁定。他们对于爱之信仰的酌情和无以复加的理性烈焰，锻造出无比辉煌的爱的极限运动。

其中，灵魂伴侣奥利文可能是对霭理士剖析最深刻、总结最彻底的人。从某种意义上，即便作为一个霭理士研究者，奥利文也是无可比拟的。1887 年 1 月 13 日，奥利文写道：“是的，霭理士有着奇怪保守的精神，他的悲剧在于，外人无法感受到他美好精彩的灵魂，这精彩只在你靠近他时电光石火般闪现。可以说，他是我见过的人类最高贵的灵魂。”1889 年 2 月 5 日她又写道：“他是最为纯洁高贵的灵魂之一，世人不懂得他。”也是奥利文一直鼓励霭理士不要放弃科学研究，她告诉他，他的科学才华将会救赎他的文学。在奥利文的影响下，1876 年至 1888 年间，霭理士完整记录下了自己所有的春梦。此后的 50 年间，霭理士倾听了遍布英格兰群岛、数以万计的女性们半个世纪的梦境——她们给他写信，事无巨细地交代自己梦中的细节，寻求他的破译、他的解困、他的安慰。至晚年，霭理士已拥有数目吓人的女性拥趸，“女人们无法抗拒来自于这一圣父与肉欲农牧神结合体的诱惑”[1]。

在1923年，欧洲、美国的文艺妇女们几乎人手一册，都在狂热阅读新出炉的《生命之舞》（The Dance of Life）。短短一年半时间，这本薄册子为霭理士赚得 1000 英镑巨资。传记作家斯图尔特说：“今日性学著作轻而易举登上畅销榜单，霭理士功不可没。然而他自己的性心理研究并没有给他带来金钱，正如他解决众生的性问题，却无法救赎自己。真正的艺术家寻求的并非一己之得救。”[2]

霭理士尊崇如罗素式的自我拷打、奥古斯汀式的自我泯灭、卡萨诺瓦式的道德冒险，他在自传《我的一生》中极尽所能地不作保留与粉饰。他将坦诚记录一生的内心生活作为自己“最重要的工作”。某种意义上，他的同性恋妻子、他的

[1] Phyllis Grosskurth, *Havelock Ellis: A Biography* (New York: Alfred A. Knopf, 1980).

[2] John Stewart Collis, *Havelock Ellis: Artist of Life—A Study of His Life and Work* (New York: William Sloane Associates, 1959), p.186.

悲剧婚姻、他的一世得失，都成了霭理士的研究样品和文学作品。关于霭理士的婚姻，刘易斯·芒福德（Lewis Mumford）有段精彩述评："这位性学先知，庆祝开花却忘记结果；这位专注于自我的单身汉，他的婚姻是对婚姻的否定；他节制的性生活就像拿破仑的脉搏一样缓慢。"[1]（据说拿破仑的脉搏从未超过每分钟62次，拿破仑声称，他还从没听到过自己的心跳。）自认为可以绝对坦诚，毫无禁忌谈论性的霭理士，对他自身的生理问题绝口不提，"他推崇罗素的坦荡，但他永远没法赶得上他"[2]。很难说，一个同性恋妻子对于丈夫霭理士而言是一场灾难，抑或，这个独特的女性对于毕生探索"性心理学"的霭理士，恰是一把打开黑洞的钥匙。"性心理学"，作为一门如入永夜，被长久压抑的、最古老又最新鲜的学问，一方面集合了祖先身上早已有之的原始问题，另一方面又需要吻合新的时代精神及与之匹配的新人类的感官比率。如此一门包罗万象，同时滞本塞源的学问之更新，所需不止是艰苦探索——它的锤炼亦如干将莫邪剑的锻造，少不了跃入火中牺牲的人肉药引。霭理士肉身献祭，供奉出他一生唯一的一次婚姻，成为文字使命的殉道者。

在谈到人的基本需求时，奇治哥顿说"伟大之爱的沐浴莫过于——毕生浸泡在他的工作之中"。1909年8月7日，霭理士抄下乔治·查普曼（George Chapman）的句子："我自出生起就被布置的作业已经完成。"[3]他30年的文债终于可以放下，他再也不用害怕七卷本的《性心理学》未完身先死，他感到充满深沉的欣慰——我已做完这项人类需要的，且只有我适合去做的服务，去建造世界，从唯心的内向性途径建造解放人类的精神。

作为交换的循环，霭理士在中国需要一个替身。

（选自《未完成的悲剧——周作人与霭理士》，江苏凤凰文艺出版社，2018年8月版）

[1] Lewis Mumford，*The Condition of Man*（London：Seck &Warburg，1944），pp.361-362.

[2] Phyllis Grosskurth，*Havelock Ellis：A Biography*（New York：Alfred A. Knopf，1980）.

[3] 乔治·查普曼在其荷马赞美诗译文后记中的第一句。

精神生活、持续性与“个人深处的真相”

——2018 年冬季诗歌读记

/ 霍俊明

> 七十年历史，是我们与鲁迅彼此成为异类的历史。今天不论怎样谈论鲁迅、阅读鲁迅，我们的感知系统或研究手段，其实都很难奏效。在我们的上下周围，鲁迅那样的物种灭绝了。
>
> ——陈丹青

1

2017 年 8 月到 2018 年 8 月，一年的时间我暂住在北京南城胡同区的琉璃巷附近。每天上下班我都会经过南柳巷的林海音（1918—2001）故居（晋江会馆旧址），院内的三棵古槐延伸、蔓延到了墙外。偶尔我也会闪现出一个念头，历史和当下几乎是并置在一起的，有时候面对一个事物我们很难区分它到底是历史的还是现实的。而胡同附近就是大栅栏，在翻新的胡同以及人流熙攘的商业街上我数次看到鲁迅当年喝茶、小酌、聊天的青砖小楼青云阁（蔡锷在此结识了小凤仙）。以我的暂住地为中心，会惊奇地发现在北京生活了十四年之久的鲁迅几乎就在当下和身边——菜市口附近的绍兴会馆、虎坊桥附近的东方饭店、西单教育街 1 号的民国教育部旧址、赵登禹路 8 号北京三十五中院内的周氏兄弟旧址……每天在中国作协上下班，我都会与一楼大厅的鲁迅的铜像擦肩而过。几十年之后，先生仍手指夹着香烟于烟雾中端详着我们以及当下这个时代。每一个重要作家都会最终形成独一无二的精神肖像，“多少年来，鲁迅这张脸是一简约的符号、明快的象征，如他大量的警句，格外宜于被观看，被引用，被铭记。这张脸给刻成木刻，做成浮雕，画成漫画、宣传画，或以随便什么简陋的方式翻印了再翻印，出现在随便什么媒介、场合、时代，均属独一无二，都有他那股风神在，经得起变形，经得起看”（陈丹青《笑谈大先生》）。

而鲁迅这一代作家的精神遗产，他们对今天的人们尤其是作家意味着什么？鲁迅离我们远去了吗？当代作家的身上还会有鲁迅精神的一些影子吗？还有一个更重要的问题，鲁迅要是活在今天他会如何写作又如何生活？鲁迅是时代的守夜人，是黑夜中孤独的思想者，但鲁迅留下的远不止于此。他留下的是一本黑暗传，“我有过生活吗？伤感的提问 / 像一缕烟，凝固在咖啡馆的午后。/ 外面是无风、和煦的春天，邻座 / 几个女人娇慵的语气像浮在水盆的樱桃， / 她们最适合施蛰存的胃口了， / 他那支颓唐的笔，热衷于挑开 / 半敞的胸衣，变成撩拨乳房的羽毛。 // 为什么这些人都过得比我快乐？ / 宁愿将整个国家变成租界，用来 / 抵销对海上游弋的舰队的恐惧； / 宁愿捐出一笔钱，将殉难者 / 铸成一座雕像，远远地绕道而行。/ 文字是他们互赠的花园，据说 / 捎带了对我大病一场的同情。”（朱朱《伤感的提问——鲁迅，1935 年》）我们也不是简单地为“鲁迅精神”招魂，而只是在“文学传统和个人才能”的互动这一问题上重新思考一个作家的思想能力、语言能力、修辞能力和文体能力，思考当今的作家是否依然具备还是已经丧失了其中的一些能力。尤其是在文学产量和文学人口不断刷新纪录的时候，有效作家、有效文本和有效阅读又占到了何种比例？这正是鲁迅的文学精神、文学传统与当代写作之间的互相求证和彼此打开。如果没有问题意识和反省能力，一个时代的作家往往会成为鲁迅先生所不齿的“空头文学家”而难有所成就，最多也就是充当了万千文学大军中的粉尘和叫嚣声而已。

现在这篇阅读札记的标题中“个人深处的真相”来自于“80 后”诗人张二棍在第八次全国青年作家创作会议上的发言（此文发表于《山西文学》2018 年第 11 期）。我记得当时在和二棍说起让他准备大会上发言时他起初还有些许犹豫，但最终还是答应了下来。实际上我的出发点很简单，诗人有时候必须站在公共空间来谈谈诗歌，谈谈现实和真相——现实感的真相以及写作的本来面目。据说大会上张二棍的发言引起了很大的反响，我很喜欢他所说的这句“个人深处的真相”，“就我而言，一首首诗歌其实是一遍遍对自我的斥责和羞辱。一首诗歌的样子，和自己写成的样子，总是有让人懊恼的鸿沟。我不知道在想说和说出之间，发生了什么……是不是自己的内心和笔之间，存在一种敌视？是不是某个词语的不可说与另一个词语的非说不可，需要一种神秘的牵引？是不是有许多萦绕的情绪，我们一旦写下，就铸成一种让人了然的事实？”也许每个人、每个作家在个人前提下的生活真相和写作真相并不尽相同——比如侯马的“写作就是拿一把小刀 /

削心脏 / 如果你剔不净上面的 / 软肉 / 就不会发现 / 心脏其实是一块骨头”（《写作的秘密》，《北京文学》2018 年第 10 期），但是我们更关注“个人”与“真相”之间的震动与呼应，关注每一代人的“怕”和“爱”，关注每一个作家写作内部的真相和秘密，关注于每一个作家的现实境遇以及精神生活。我在和张二棍的对谈《无非是把一尊佛从石头中救出》（《诗歌月刊》2018 年第 9 期）中也谈到了诗人的责任、良知和精神生活等问题。精神生活对于诗人来说显然是格外重要的，这使得诗人维持了精神的能见度，这样的话就可以使夜晚的河流和黑暗中的事物在精神的微光中渐渐清晰起来，如果推广到一个时代境遇下的诗人精神难度也是如此道理——“黄昏时坐在火山上 / 看见黄昏中有果实在坠落 / 大地像星空一样 / 也有死去的人燃起的点点星火 // 黄昏时坐在火山上 / 看着远处就像隔着一层玻璃 / 玻璃的里面和玻璃的外面是同一个世界 / 但必定有什么在停留有什么在消失 // 黄昏时坐在火山上 / 是一件伤心的事 / 是有些事物没法在白天和平地上坚持 / 必须离开住处，到危险的高处坐坐 // 体味体味火的光芒 / 体味体味闪耀的玻璃”（《黄昏时坐在火山上》，《人民文学》2018 年第 10 期），尤其是当诗歌的“日常叙事”“细节炫耀”越来越流行的时候，在日常和生活中仍能激发出诗性和精神确实越来越有难度了，“诗的艰难是一个人真诚地面对这世界的艰难， / 是一个人毅然决然去成为自己时， / 那一次次独自认领下的欢喜与绝望。”（泉子《诗的艰难》，《江南诗》2018 年第 5 期）

枣园记

大解

枣园的绿色里，夹杂着密集的红。
黄昏降临以前，西天泛起了大片的红晕。
我对红色过于敏感，甚至
有点偏爱症。红色是甜的。
绿色是酸的。黑色的苦让人无法接受。
而夜晚偏偏是黑色。
而且广大无边，仿佛吃不尽的苦。
好在此刻尚早，离夜幕至少也有一百里。

我有充裕的时间，
在枣园里磨蹭，散步，
甚至给远方一个无聊至极的人，
打一个长篇电话，慢吞吞地讲述，
在三十万亩枣林里散步，感觉那叫爽。
尤其是晚风已经来到树梢，
微微泛红的小枣，有点晃动，
有点激动，还有一点点呆萌。
微笑我就不说了，我一直在微笑。
我一直拿着手机，拍照，发出，
传递给她。
你们不知道她是谁。
我不说，你们永远也别想知道。
当我隐身在林子深处，
没人能够找到我。
你们只能看见，火烧云从我上方飞过，
没有声音，像忍不住的甜，覆盖了北方，
像我心里的人，已经醉了，
还没有进入最深的爱情。

（《诗刊》2018年10月号下半月刊）

这个时代的诗歌几乎到处充斥着马不停蹄、轰隆作响而又自以为是的“日常见闻”“旅行奇观”“远方幻觉”，浮于表层的不疼不痒的抒写几乎成为通病。大解的这首《枣园记》也是在出行途中的所见和所感，但是这首完成度很高的诗最终从这类诗中脱颖而出并最终成为“个人之诗”——经过个体主体性再造之后的深层经验和语言经验。枣林和各种颜色在日常语调甚至有点平淡的语气中转换为精神关联意义上的个人象征，更为重要的是诗人又从“元诗”的角度道出了诗人“写出的”和“未写出的”之间的微妙平衡。透过这些劲道十足的语言我似乎看到了大解在语言的树林背后眯着小眼睛微笑着看着我们。诗歌的秘密不在别处，也不在已然被烂俗化的“远方”，而在诗歌的自我揭示和语言完成之中。与大解的这首《枣园记》的精神向度类似，桑子的《蜜蜂毛茸茸的脚趾》也道出了“可见”和“不可见”在诗人视觉中的平衡和博弈，这样的诗最终因为深度经验和个人化的历史想象力而超越了个体经验，因此带有了和弦意义上的普世性的精神载力，“桃花附在阳光温热的皮肤上 / 雄蕊和雌蕊保持四十五度角 / 它们一整天都在埋葬自己的兄弟 / 鸟儿在枝头采集，人类为它们取了名字 / 可以知道它们在大地的哪个位置 / 但桃花无处不在，这是它们的迷人之处 / 蜜蜂毛茸茸的脚趾挂满了纯净的桃子 // 桃花站在青铜色的枝头 / 等着授粉者来拘禁它们 / 就像所有深刻的东西一样 / 你需要一本野外生活指南 / 阳光让人熟视无睹，区别只在于阴暗面 / 每个年代的桃花都很漂亮 / 这是大地全部的生育能力”（《扬子江诗刊》2018 年第 5 期）。奥登在《19 世纪英国次要诗人选集》提出一个诗人要成为大诗人必须具备下列五个条件之三四。一是必须多产；二是他的诗在题材和处理手法上必须宽泛；三是他在观察人生角度和风格提炼上，必须显示出独一无二的创造性；四是在诗的技巧上必须是一个行家；五是尽管其诗作早已经是成熟作品，但其成熟过程要一直持续到老。简洁地说就是：多产、广度、深度、技巧、蜕变。奥登所说的第三条标准就涉及了诗人的观察角度和发现能力问题，可见发现在诗歌产生过程中不可替代的重要性。发现，关乎一个诗人的视力、眼力、感受力以及想象力。每个诗人都会有一个属于自己的独一无二的取景框，观察方式、观察角度、观察态度都会决定事物的哪一个部分会被强化和放大出来。这是辨认，同时也是不断加深的疑问，“我听出鸟鸣中特别的一个 // 它是怎么做到的 / 神秘的天赋？ / 多年的练习？ / 一只鸟始终在飞 / 在找自己的声音 // 也是离开同类的一个 // 整个清晨，我都想找出这一只 / 在众多的声音中 / 努力发出属于我的”（臧海英《发声学》,《扬子江诗刊》2018 年第 5 期）。诗歌是一种重新对未知、不可解的晦暗的不可捉摸之物的敞开与澄明，一种深刻的精神性的透视。正如里尔克所说的“我所说的‘敞开者’，并不是指天空、空气和空间；对观察者和判断者而言，它们也还是‘对象’，因此是‘不透明的’和关闭的。动物、花朵，也许就是这一切，无须为自己辩解；它在自身之前和自身之上就具有那种不可描述的敞开的自由”（《马尔特手记》）。

当生活的秘密和写作的秘密落实在具体的诗歌写作当中的时候，这并不是科学考证和所谓的言之凿凿的真理所能够限定得了的，因为客观的事实、语言的事实和修辞的事实更具有不可言说的复杂性——有时候近乎无道理可讲。我在读到

《芳草》第5期上商震的诗作《关于杨梅的科学考据》的时候我想到的就是"夫诗有别材，非关书也；诗有别趣，非关理也。而古人未尝不读书，不穷理。所谓不涉理路、不落言筌者，上也"（严羽《沧浪诗话·诗辨》）。同时，这也是诗歌的"深处真相"或"诗性正义"的问题与难题。

把深紫和淡红的杨梅放在一起
检验它们吞咽阳光的能力
同时证明
同一谱系物质的不同表现
自然生长的事物
永远不会按照人类的喜好
主动改变自身
人类的喜好是另一个谱系的科学

把酸的杨梅和甜的杨梅放在一起
酸和甜不需要绝对均衡
世界上所有的均衡都包含着虚假
酸与甜的配比
不是人类的味蕾决定的
美食家都怀疑别人味蕾的可靠性

自然生长的美观且可食用的物质
仅是自身繁殖的手段
却给研究者出了许多难题
色差和酸甜度的背后
是一大堆数学物理化学等等的计算公式

我啰唆了大半天
最后说四个字
杨梅好吃

2

社会剧变提供了新的时代景观，新媒体和自媒体催生的文学生态、内部机制和动力体统也发生着震荡。与此相应，有一个疑问正在加深——物化主义、经济利益、消费阅读的支配法则下作家应该经由词语建构的世界对谁说话和发声？这与歌德的自传《诗与真》以及西蒙娜・薇依在 1941 年夏天所吁求的作家要对时代的种种不幸负责发生了切实的呼应。"诗性正义"在任何时代都在考验着写作者们，尤其是对于莫衷一是、歧见纷生的当代写作而言这个话题的讨论更有必要性和紧迫性。这既关乎诗人的当下境遇又指涉艰难的历史记忆，而二者在具有重要性的诗作中几乎是同时到来、相互打开、彼此叩访的，比如王小龙的《1974 年的车站》（《青春》2018 年第 10 期 /A）：

就这种阴冷的天气
会让你想起遥远的一个车站
遥远的一个等车的女工
遥远的七十年代

四点就下班了
六点还挤在车站
前后左右都是下了班的工人
怎么挤得过人家

她用手护在身前
凸起的肚子已经十分明显
车站挤成了逃难的渡口
谁会留心一个女工的肚子

遥远的 1974 年
遥远的汶水路车站
一辆塞满了工人的 46 路总算开走

你看见她还挤在站台外边

我花了整整四十年
在离开老厂以后
花了无数心平气和的时间
想让记忆省略一点

我要把这个傍晚擦掉
把这个令人不快的画面擦掉
把这个女工的眼泪和无望擦掉
把这个该死的车站擦掉

我改变不了那年的阴冷和一生的无能
改变不了发生过的桩桩件件
只好跑去老厂改造的艺术园区
谈论什么诗的语言和身段

“文变染乎世情，兴废系乎时序。”我们可以说现实和时代创造了一个作家，也可以说一个作家创造了一个现实和时代，甚至后者更为重要，因为任何时代、现实和社会景观进入了文学家的视野之后就变成了另一种现实，也即语言的现实、精神的现实、想象的现实。这一特殊的文学化现实已然区别于日常现实，而是经过了作家的想象、提取、过滤乃至变形和再造。

接着，我还是谈谈写作者的精神生活，这在深层次上也对应于诗人的语言习惯和写作难度。《西部》（双月刊）第 5 期推出“90 后”文学的研究专辑（刊有拙作《你所知道或不知道的一代人——关于“90 后”诗歌，兼论一种进行时写作》），《清明》（双月刊）第六期推出了“90 后”诗人的小辑。在关于这些“90 后”诗人的阅读随笔《一种认知装置：年轻的谜或雨的途中》的文末，我有一个提醒，“诗歌是一种精神生活，但是精神生活的获得显然并不是那么容易，恰恰相反我们看到的更多的是一种偏平经验和矮化人格。‘诗人’，是诗与人的高度结合体，是诗品和人格的相互见证，也就是说‘诗人’完全不能等同于‘写诗的人’”。

还是让我们一起来听听三十多年前诗人骆一禾的严正提醒吧——“现在的诗人在精神生活上极不严肃，有如一些风云人物，花花绿绿的猴子，拼命地发诗，争取参加这个那个协会，及早地盼望豢养起声名，邀呼嬉戏，出卖风度，听说译诗就两眼放光，完全倾覆于一个物质与作伪并存的文人世界。” 而刚刚说到骆一禾，我们又不免想起了已经被神话的海子，尽管海子成了不断被重读的诗人，但是生活中的海子和精神世界的海子也并未完全展现在我们面前，而发表在《北京文学》第 10 期上的李青松的怀念海子的文章《怎样握住一颗眼泪》以及姜红伟整理的海子创作年谱《面朝大海，春暖花开》对于进一步了解海子的性格、生活、写作以及所处的时代是有帮助的，“跟海子见的最后一面，应该是 1988 年秋天了。当时，我回学校去昌平校区看望一位老师。我记得，是在去昌平校区的班车上见到了海子。他当时很疲惫，眼神迷离，好像刚从西藏回来。我们坐在最后一排座位。他告诉我，他已不在校刊编辑部当编辑，而到哲学教研室教自然辩证法课了。奇怪，我们当时的话题并没有聊到诗，而是别的什么（海子似乎谈到练气功的一些事情）。聊着聊着，话就寡淡了，渐渐就稀疏了，渐渐就没话了。我能感觉到到，诗已经离我们远去。海子的心，已经被一种魔力占据了。诗，在那个时代，曾经是我们的梦。人生的痛苦在于——梦醒了，就无路可走了。”（李青松《怎样握住一颗眼泪》）骆一禾对当时诗人的批评也适合于今天，尤其是在诗歌“活动化”成为常态的今天，一个诗人如何写作、如何维持难度和可持续性必然是一个常说不衰的问题。“谈及对地面上的、热闹的诗歌‘主流’（相对于冷静的写作者而言）之印象，家新颔首回应：停留在青春写作期，比如某某和某某们一直就是事实上的‘青春派’诗人，数十年未变。排除散落于民间，在文学造诣上把各种在面上的诗歌甩出数十条大街，且在各自的创作道路上一直持静寂跟低调态度的诗人，排除所谓重庆非主流诗人，家新此言不尽赞同，但从‘外人’的角度观照，也显得别有眼界不无道理。事实上，重庆诗人大都是十分聪明的，也不乏才气，只是这等聪明和才华被‘短视’耗尽。为什么这么讲呢？那是因为重庆诗人把聪明劲儿都用在了如何跟风博眼球，如何煞费苦心挣大钱，如何投机取巧经营读者市场，如何吸引庞大的读者群，如何尽可能地、最大化地去猎获目标读者和点击率，如何投其所好抱得世俗的文学奖项等等之上，而不在境界和修为、思想和诗艺，不在‘创造性转化和创新性发展’之上下功夫，聪明且有心机，即使暴得一些虚名，也无缘真实地加入诗歌的未来。”（波佩《对未来的追忆》，《红岩》双月刊 2018 年第 5

期）当王家新对停滞于“青春期写作”进行批评的时候，我们就会想到一个写作几十年的相对成熟和稳定的诗人是否还有能力进行更新意义上的持续写作。由此，我认同李海鹏在评价王家新近期诗歌在生活经验、语言意识、抒情姿态、伦理选择、题材把握、处理方式等方面存在着变化的一段评价：“由‘小’所隐喻的日常生活，渐渐被纳入诗歌语言之中，诗歌的抒情声音也发生了惊人的变化。可以说，王家新近些年的诗歌语言，越发亲近、拥抱日常语言，用他自己的话说，获得了‘化繁为简’的能力，而如果用维特根斯坦的话说，便是‘我要对语言有所说，我就必须说日常语言’。然而真正重要的是，这样的语言意识、语言选择，实际上应和着王家新近年的诗歌伦理抉择与调整：与主体拉开距离，亲近他者的世界。”（《日常语言，及其幽灵——读王家新近作》，《红岩》双月刊 2018 年第 5 期）

关于持续性和创造性写作的问题，近期值得讨论的是刊发在《作家》第 10 期上的欧阳江河的长诗《宿墨与量子男孩》（共计 25 节），“纳米之轻，让真理变得可以忍受。/ 暮色如孕妇待在呼吸深处。/ 一道小提琴的内心目光，/ 在九重天外 / 拨动中世纪的几根羊肠。/ 佛的掌心里，攥着一群量子天才。/ 这些疯子，一桌子掀翻世界，/ 生活的坛坛罐罐碎落一地。/ 圣杯也碎了吗？”这首枝蔓丛生的长诗读起来难度巨大，对于专业读者来说也是一次不小的挑战。陈亚平在长文《新一代长诗：诗化和思艺的古今相接——欧阳江河后期诗歌的深层重构》中通过历史序列、语言特质和内部构成等方面的阐释给予了该诗非常高的评价，认为这是欧阳江河后期长诗写作的又一次飞跃和首创性特质和语义革新——“长诗《宿墨与量子男孩》恰恰是欧阳江河近年主动想去找的那种随心觉走得很远的类型，喜欢把抽象的游思当成长诗平常的魂身。这种凭心穿空的飘逸诗格，可能是今后一门东亚长诗的专学”“根据诗人思想和诗化彼此混合的模型，作品中大量使用片段性空间化的版块型句群、不流畅性、极端古汉语、自创气韵、语音和节奏不对称、追求事物瞬间印象、语境和词境飘忽朦胧的技术形式，表现处处互不相连又相隔很近，但结构上没有后现代主义的整体碎片性，也没有新古典派的逻辑诗意。诗每一句都在扮演，被古今连着的有机性所伪装过的构句角色，好像专门要以展示最跨界的敏感点为己任”“最后想强调的是，《宿墨与量子男孩》语言的内在手段，与其说欧阳江河创制了一种内观本身产生出来的动词和形容词，不如说他首创了一种对语义轨迹空间里的横观、纵观、直观、空观、中观布局的动词和形容词……关键是，欧阳江河首创的语义空间是把可触摸的那虫一样平行的一维点，变成了蝶一样交织的、立体穿插的三维点。这种用动词的内观角度开拓出来的语义空间进深，有说服力地预示出，他那纸字时代和电子乌托邦时代都无人可替代的语义革新”。

谈论真相还必然涉及历史，涉及现代诗的百年历史。今年是穆旦诞生一百周年，中国人民大学等学术机构主持了相关的研讨和纪念活动，其中谈论最多的自然是现代性、中国性、译介、本土经验和原创力等问题。这些问题并不只是针对穆旦，针对过去时的现代诗歌，对当下的诗歌写作具有同样重要的指涉性。也就是说在所谓全球化的世界诗歌背景下，中国的诗人和诗歌在扮演着什么样的角色是一个不容忽视的问题。

新诗的发展与西方诗学的借鉴和译介是分不开的，中西诗学的交互是必需的，也是有效的，当然前提是诗人要经过必要的筛选、过滤以及个人化的创造和再出发。诚如庞德所说“文学的伟大时代大体也是翻译的伟大时代”。与诗歌创作同步，早在 1930 年代末期，穆旦就开始尝试外国诗歌的译介，早期曾翻译了泰戈尔、路易·麦克尼斯、台·路易士等。尤其是他对普希金（早在 1953 年就已经翻译完成了普希金的诗集《波尔塔瓦》，还译有《普希金抒情诗一集》《青铜骑士》《普希金抒情诗选集》）、雪莱（《雪莱抒情诗选》）、拜伦（《唐璜》）、济慈（《济慈诗选》）、丘特切夫（《丘特切夫诗选》）、班雅敏·拉斯罗等人的翻译以及译介的《英国现代诗选》都达到了历史的高峰，甚至某些方面在今日仍难以被超越。王小波在读到穆旦翻译的普希金的《青铜骑士》的时候，感觉无异于一次巨大的地震级别的文学启蒙，甚至这种影响是不可替代也是不可超越的——“使我终生受益的作品是查良铮（穆旦）先生译的《青铜骑士》。从他们那里我知道了一个简单的真理：文字是用来读的，不是用来看的”（《用一生来学习艺术》），“查先生和王（道乾）先生对我的帮助，比中国近代一切著作家对我帮助的总和还要大。现代文学的其他知识，可以很容易地学到。但假使没有像查先生和王先生这样的人，最好的中国文学语言就无处去学”（《我的师承》）。1980 年代以来，我们看到的一个重要事实是中国诗人的头颅都多多少少转向了西方，开始了一场名副其实的“西游记”。诗歌向外打开是必要的，也是中国诗歌的补课，但是我们看到更多的中国诗人背后都不约而同地站立着一个或数个西方诗人的高大背影，而汉语诗歌的特性和本土经验反倒是被遮蔽了。“译介的现代性”和“转译的现代性”直到今天都是没有彻底解决的诗学难题，新诗如何能够达成个人性、本土性、汉语性和世界性的融合显然还将是一个长期实践的过程。因为译介和阅读的原因，穆旦对外国诗歌的理解是同时代人中尤为深入和透彻的，这对他关于新诗的观念和具体写作实践都是有很大帮助的。但是，穆旦并没有像其他诗人那样成为译介文本的仿写者，没有被另一种语言的伟大文本稀释掉个人的特性。尽管穆旦的诗歌和外国诗歌存在着某种互文——比如受到了叶芝、里尔克、艾略特、奥登等西方现代诗人的影响，尤其是在西南联大时期受到了英国诗人、新批评代表的威廉·燕卜逊的影响，但是仍带有不可消弭的个性特征和不可替代的重要性。穆旦在对西方诗歌借鉴的基础上融合个人经验和本土经验，注重现代汉语诗歌自身构建与西方诗学传统的互动，对内在主体性的挖掘和对现代人生存境遇的观照，以及在个人化的反映现实和思考社会人生的深度上，都对中国新诗的现代化做出有效实践和突出贡献。比如《赞美》，借助了西方诗歌的哀歌和赞歌体式，深入结合自己所经历的战乱体验，融合了中国现代诗歌的叙事性和戏剧化因素，从而综合性地抒写了中国化的现代汉诗。说穆旦是现代诗歌史上杰出的现代性的具有历史使命感的民族诗人也许是公允的。穆旦的诗歌方式对于今天的诗人来说仍然具有重要的启示，尤其是诗人在处理当下和现实生活的时候不应该沦为表层化的肤浅描述和表达，而是应该在语言的难度和思想的深度上，通过个性化的历史想象力和求真意志予以过滤、转化和提升，从而将个人现实和社会现实提升为普适性的经验和语言现实、历史化现实。我想，这是穆旦诗歌写作和译介对当下写作的最重要启示。

《广州文艺》2018 年第 11 期的“当代文学关键词”推出李以亮、黄灿然和舒丹丹这三个翻译家关于诗歌翻译的三篇文章《翻译的年轮——以诗歌翻译为例》《朝向更好的汉语——我的翻译经验》《种子移植与审美再现——我的诗歌翻译观与翻译策略的选择》，以各自的译介经验谈到诗歌翻译的历史（尤其是新世纪以来诗歌翻译的回暖和乱花迷眼的现象）、跨语际书写的差异和互文、文化背景、异质感、语言特质、诗体建设、现代汉语经验、现代汉语诗歌文化等诸多重要问题和现象。尤其是黄灿然谈到的“有目标地翻译”“查词典”“利用互联网”“查资料要有耐性”“回到上下文里思考”“原作者引述错误”“避免先入为主”“广泛阅读原著”“修改的准则”“朝向更好的汉语”等十个方面的技术性和操作性问题对于翻译者来说非常具有参照价值。确实，一定程度上诗歌译介在打开汉语诗人眼界的同时也使得现代汉语诗歌保持了活力、开放性、对话性和有效性。

精神生活和持续性写作都需要不断回到“深处的真相”。

写完这篇札记的时候，北京的雪已经下起来了！

图书在版编目（C I P）数据

诗收获. 2018 年.冬之卷/ 雷平阳，李少君主编
. -- 武汉：长江文艺出版社, 2019.1
ISBN 978-7-5354-7533-6

Ⅰ. ①诗… Ⅱ. ①雷…②李… Ⅲ. ①诗集－中国－当代 Ⅳ. ①I227

中国版本图书馆 CIP 数据核字（2019）第 016639 号

策　　划：沉　河
责任编辑：谈　骁　　　　责任校对：陈　琪
装帧设计：马　滨　　　　责任印制：邱　莉　王光兴

出版：长江出版传媒　长江文艺出版社
地址：武汉市雄楚大街 268 号　　　邮编：430070
发行：长江文艺出版社
电话：027—87679360
http://www.cjlap.com
印刷：湖北民政印刷厂

开本：720 毫米×1020 毫米　1/16　　印张：19.75　插页：2 页
版次：2019 年 1 月第 1 版　　　2019 年 1 月第 1 次印刷
行数：8090 行

定价：39.00 元
